商用華語 | Situated-based Business Chinese

一本設身處地式的商務華語教材

國立清華大學華語中心 / 編著

五南圖書出版公司 印行

凡例

　　本書是基於職場環境及商務情境為主軸之商用華語教材，全書共有十四個單元課，主題內容包括求職、面試、應聘、辦公環境、參加會議、商務表單、商務出差、參加商展、商務宴請、產品行銷、客戶服務、洽談生意、國際貿易、商務談判。除了第一課到第四課是基於找工作的順序而排列，其它各課並無先後次序，教師可以依實際需要而重新排列授課順序。

　　每課架構均包括七個部分，重點在於最後的情境式練習。茲說明如下：

一、對話 Dialogue

　　每個單元課以一個對話起始，作為該情境的鋪陳，也可學到該情境所常用的口語句子及詞語。

二、生詞與短語一 Vocabulary and Phrases I

　　羅列每課對話的生詞與短語，並加註拼音、詞性、英文翻譯。每課的生詞與短語約30到40個。

三、句型 Sentence Patterns

　　挑選對話中出現的重要句型，以中、英文解釋用法，並有例句與練習，幫助學習者熟悉句型的使用方法。

四、閱讀材料 Reading Materials

　　閱讀材料是與當課情境相關的真實語言材料，如徵人啓事、信件、錄取通知、辦公室布告欄、會議通知、新聞稿、出差行程表、商務宴請菜單、廣告、報價單等。可作為該課的第二則正式課文，或是視為補充材料。

五、生詞與短語二 Vocabulary and Phrases II

　　此部分為閱讀材料的生詞，可視為該主題的延伸辭彙。

六、情境活動一、二 Situated Activity I, II

　　每課提供兩個仿真式的情境活動。是與當課主題相關的教學活動設計，是本教材的特色，也是教學活動的核心，我們認為商用華語不能只是硬生生地學習商務辭彙或文句而已，而必須體認到華人的商務文化及自身角色，要能夠在真實情境中妥適地運用華語來溝通交際。

因此教師必須體認其設計內涵，並且讓學生能設身處地扮演其角色以參與情境活動，教師須善於操作這些情境活動，也要準備相關的教具及佈置教室，甚至變動桌椅安排。

　　每個情境活動均提供情境描述、課前作業、情境安排、教學示例、補充詞彙、進行方式等說明。並有一個延伸活動，教師可視情況來選擇性地安排這些延伸活動。

　　我們也鼓勵教師依課堂條件（課室環境、學生人數）而加以變化或構想出更多的情境活動。

序

自進入本世紀以來，華語學習成為全球的熱潮，學習者以商務為目的之比例最高，因此產生了大量商務華語的教學需求。有鑑於此，國立清華大學華語中心特別編定此本商用華語教材，期能迎合外國學生的實際需求。

本教材是基於一項教育部的華語中心優化計畫專案，由陳淑芬主任主持此專案計畫，其中包括了教材出版，因此邀集了本中心總共十位教授及華語老師們共同參與本教材的編寫。教材完稿之後還經過為期一年的全冊試教過程，再經過修改調整，方才正式出版。

本教材是結合情境式教學設計及商用主題內容的創新型教材，設定程度為中級程度，適合已學過一年華語密集課程的外國學生。共有十四課，每課主題都是在商務職場上常面臨的情境，也是與華人進行商務合作或是身處華人公司中的外國人士所需要熟悉的華語內容。

本教材最特別之處是以「情境活動」為主軸，每課前面的會話課文及閱讀材料都是為了進行商用情境活動而準備的。每課的練習與活動設計概念是採用「設身處地式的情境學習」（Situated Learning）。一般所謂的情境教學（Situational Learning）只是設定在某個場景之中所發生的固定會話，但本教材所指的「設身處地式的情境」是安排擬真式的場合，讓學生置身其中扮演某種身份所須採取的溝通立場，或是表現出自己真實的立場與想法，並且在活動中埋藏可能觸發的對話內容，來進行擬真式的華語溝通，因此每位學生的會話內容並不一致，例如前兩課讓學生各自準備自己真正求職的履歷資料，而模擬面試時每個人被詢問的內容也各自不同。此外，每課也融合了華人的商務文化於其中，例如商務宴請、洽談生意、參加商展等，課文中就包含了華人的應酬及交際習慣和詞語。

本教材的編輯過程中，所有編輯老師都花了許多時間心力去構思、撰寫、討論及試教，並由林宛蓉老師盡心負責資料彙整事宜及李明懿老師協助各課語法點的調整，還要特別感謝多位曾諮詢過的商務華語專家，包括美國北加州資深僑教專家寇惠風先生、美國西北大學中文教學部謝文彬老師等。本教材得以完成也要感謝繼任的華語中

心主任李清福教授的持續大力支持，以及五南出版社以高效協助排版、美編、校對、課文錄音及出版事宜。由於教材永遠有再進步的空間，也請各界不吝回饋指正。

總編輯　信世昌

謹序於臺灣新竹國立清華大學

2020年5月

本書各課編寫者

第一課	求職	李芳蓓老師
第二課	面試	彭馨慧老師
第三課	應聘	徐微喬老師
第四課	辦公環境	徐微喬老師
第五課	參加會議	歐喜強老師
第六課	商務表單	吳佳育老師
第七課	商務出差	林宛蓉老師
第八課	參加商展	林宛蓉老師
第九課	商務宴請	李芳蓓老師
第十課	產品行銷	吳佳育老師
第十一課	客戶服務	吳昱錡老師
第十二課	洽談生意	吳昱錡老師
第十三課	國際貿易	彭馨慧老師
第十四課	商務談判	歐喜強老師

目錄
CONTENTS

第一課　求職 🎧
Lesson 1　Job Hunting

對話　**Dialogue**

Lesson 1

林家安：在臺灣工作的上班族
包莉：剛畢業的美國學生

家安：妳的工作找得怎麼樣了？

包莉：唉！我問了朋友，也直接到公司去問，可是都沒有消息。

家安：為什麼不上求職網站找呢？工作選擇多，資訊又清楚。

包莉：因為網站上的東西太多，我一看就頭痛，不知道要從哪裡開始。

家安：只要想好自己的需求，輸入關鍵字，電腦就會把符合條件的職缺列出來，妳還可以上傳妳的履歷表，方便又省事。

包莉：上傳以後，公司就會主動通知我去面試嗎？

家安：是啊！網站上也有其他公司的制度、薪資、福利和更多的相關資訊。

包莉：那麼，我還可以參考這些條件來決定要應徵哪家公司囉！

家安：沒錯。話說回來，妳想找什麼樣的工作呢？

包莉：我想找行銷方面的工作。這類工作年終獎金比較高，在上下班方面也比較彈性。

家安：福利好的公司，競爭也激烈。不過妳有專業技能，又有流利的雙語能力，一定很快就會找到工作了。

包莉：你對我這麼有信心，我找到工作以後一定請你吃飯！

生詞與短語一 🎧 Vocabulary and Phrases I

編號	生詞	拼音	詞性	英文意思
1	直接	zhíjiē	Vs	direct, directly
2	求職	qiúzhí	N	job hunting
3	網站	wǎngzhàn	N	website
4	選擇	xuǎnzé	N	choice

編號	生詞	拼音	詞性	英文意思
5	資訊	zīxùn	N	information
6	需求	xūqiú	N	demand, need
7	輸入	shūrù	V	to enter
8	關鍵字	guānjiànzì	N	keywords
9	符合	fúhé	V	to comply with, to meet, to conform to
10	條件	tiáojiàn	N	conditions, terms
11	職缺	zhíquē	N	opening, job vacancy
12	列	liè	V	to list
13	上傳	shàngchuán	V	to upload
14	履歷表	lǚlìbiǎo	N	resume, CV
15	省事	shěngshì	Vs	save trouble, simplify matters
16	主動	zhǔdòng	Adv	take the initiative
17	通知	tōngzhī	V	to notify
18	面試	miànshì	V	to interview
19	其他	qítā	Det	other, the other
20	制度	zhìdù	N	system
21	薪資	xīnzī	N	salary
22	福利	fúlì	N	welfare
23	參考	cānkǎo	V	to refer to
24	應徵	yìngzhēng	V	to apply (for a job)
25	行銷	xíngxiāo	N	marketing
26	類	lèi	N	type, kind
27	年終獎金	niánzhōng jiǎngjīn	N	year-end bonus

編號	生詞	拼音	詞性	英文意思
28	彈性	tánxìng	Vs	flexible
29	競爭	jìngzhēng	N	competition
30	激烈	jīliè	Vs	fierce, intense
31	專業	zhuānyè	N	profession
32	技能	jìnéng	N	skill
33	流利	liúlì	Vs	fluent
34	雙語	shuāngyǔ	N	bilingual
35	能力	nénglì	N	ability
36	信心	xìnxīn	N	confidence

句型　Sentence Patterns

一、一……就……　As soon as / Just as (then) ...

　　「一……就……」用來表示第一件事發生以後，第二件事很快跟著發生了。一的後面是第一件事，「就」後面是第二件事。兩件事的主語不一定相同，主語相同時可以省略其中一個。前文如果有相同的主語，這個句型中的主語可以省略。

　　This pattern expresses two events happened one after the other. 一 is followed by the first event and 就 is followed by the second one. The subjects of these two events can be the same or not. If they are the same, one subject is often omitted.

➢ 因為網站上的東西太多，我一看就頭痛，不知道要從哪裡開始。

➢ 我一上傳履歷表，就收到好幾家公司的面試通知了。

➢ 你一輸入關鍵字，網站就會出現你要的資訊了。

練習：完成句子

1.包莉外語能力佳，又具相關經驗，一應徵就_____。

2.林家安一收到公司的錄取通知就_____。

　　3.企劃內容一規劃好，大家就＿＿＿＿＿＿＿＿＿＿＿＿＿＿＿＿。

二、只要……就……　As long as ... (then) ...

　　這個句型用來強調「只要」後面第一個的情形成立了，「就」後面說的第二個情形也就自然出現了。「只要」後面的條件是容易的，並不難做到。

　　This expression is used to emphasize that if the condition following 只要 is the case, the condition following 就 will naturally or easily be satisfied as well.

➤ 只要想好自己的需求，輸入關鍵字，電腦就會把符合條件的職缺列出來。

➤ 只要企劃內容好，宣傳時間夠，執行活動就不會有問題了。

➤ 只要你被錄取了，就可以有勞工保險、健康保險跟其他福利。

練習：完成句子

1.A：我不知道怎麼寫好一份履歷表。

　B：你只要上求職網站，就＿＿＿＿＿＿＿＿＿＿＿＿＿＿＿＿。

2.A：請問，貴公司什麼時候會通知我去面試？

　B：只要您符合應徵條件，＿＿＿＿＿＿＿＿＿＿＿＿＿＿＿＿。

3.A：最近天氣不好，要是這次網路社群活動來的人太少，怎麼辦？

　B：放心，只要＿＿＿＿＿＿＿＿＿＿＿＿＿，就會有很多人來。

三、話說回來　but then again ..., but anyway ...

　　「話說回來」表示說話者有不同於前文或對話者稍早提出的意見或觀點，或是直接從另一個方面來提出自己的看法。它前面常常有「不過」、「當然」、「但是」等表示轉折的詞語。

　　話說回來 signifies that the speaker's point of view is different from what has just been mentioned. 不過／當然／但是 are often placed in front of 話說回來 .

➤ 話說回來，你想找什麼樣的工作呢？

➤ A：這個行銷企劃的職缺待遇不錯，又無須出差。

B：看起來真的很好。但是話說回來，這家公司沒有年終獎金。

➤ A：宣傳活動常常得去好幾個地方，上班時間好長也好累。

B：行銷工作都是這樣的。話說回來，你常常得跑來跑去，公司有沒有交通津貼？

練習：完成句子

1. A：我想應徵薪資高一點的工作，可是應徵的條件都要有 2 年以上的工作經驗。我只有 1 年怎麼辦？

B：工作真的不好找。不過話說回來，你大學的時候規劃了很多活動。

_____。

2. A：這家公司有旅遊補助、交通津貼還可以彈性上下班呢！

B：聽起來福利不錯。話說回來，這家公司離你家又不遠，_____

_____。

3. A：你執行企劃能力佳，又有專業技能，這家公司的制度、待遇跟福利都好，快去應徵吧！

B：謝謝你對我有信心。不過話說回來，_____

_____。

四、（在）……方面　with respect to, regarding

「方面」有範圍、範疇的意思。在……方面，表示說出來的意見是在這個範圍中，跟這個範圍有關的。前面可以加上名詞、數字或「這」、「那」、「哪」、「每」、「各」、「別的」等。

方面 means field, scope or category.（在）……方面 is used when the speaker wishes to express an opinion related to a particular field. Nouns, numbers, or demonstrative pronouns such as「這，那，哪，每，各，or 別的」can be placed in front of 方面。

➤ 我想找行銷方面的工作。這類工作年終獎金比較高，在上下班方面也比較彈性。

➢ 我們員工對公司的福利都非常滿意，可是在交通津貼方面，還是有人覺得太少了。

➢ 這次會議，在健康保險方面大家還有沒有什麼問題？

練習：完成句子

1.A：這次的宣傳活動都準備得差不多了嗎？

　B：是的，不過_____。（交通）

2.A：求職的時候，需要知道哪些相關資訊？

　B：很多啊，像是_____。

3.A：今天來面試的人怎麼樣？

　B：他們在專業方面沒有問題，可是_____。（信心）

閱讀材料　**Reading Material**

行銷企劃（新竹）	我要應徵 ★ 儲存工作
○○行銷有限公司　本公司其他工作	☰ 11~30人應徵　FB 分享　轉寄　檢舉

工作內容
　1.活動宣傳規劃及執行
　2.網路社群活動規劃及執行。

※ 工作地點：新竹市

待遇：面議

性質：全職

上班地點：新竹市清華路 101 號

出差：無須出差

上班時間：日班，09：00-18：00 週休二日

可上班日：一週內

需求人數：1 人

應徵條件

1.大學畢業（大眾傳播、商業、管理相關科系）

2.2 年以上工作經歷

3.具活動規劃經驗

4.外語能力佳者優先錄取

公司福利

1.勞工保險、健康保險

2.員工旅遊、交通津貼

3.年終獎金。

聯絡人：林小姐

生詞與短語二 🎧 Vocabulary and Phrases II

編號	生詞	拼音	詞性	英文意思
1	企劃	qìhuà	N	planning
2	內容	nèiróng	N	content
3	活動	huódòng	N	activity, event
4	宣傳	xuānchuán	V	to promote, to advocate
5	規劃	guīhuà	V	to plan
6	及	jí	Conj	and
7	執行	zhíxíng	V	to carry out
8	網路社群	wǎnglùshèqún	N	online community
10	待遇	dàiyù	N	payment; treatment
11	面議	miànyì	V	(salary) negotiate face to face
12	全職	quánzhí	N	full time
13	出差	chūchāi	N	business travel

編號	生詞	拼音	詞性	英文意思
14	無	wú	Adv	no
15	大眾傳播	dàzhòng chuánbò	N	mass communication
16	相關	xiāngguān	V	to be related to
17	經歷	jīnglì	N	experience
18	具	jù	V	to have, to possess
19	經驗	jīngyàn	N	experience
20	佳	jiā	Vs	good
21	優先	yōuxiān	Adv	have priority
22	錄取	lùqǔ	V	to hire
23	勞工	láogōng	N	labor
24	保險	bǎoxiǎn	N	insurance
25	健康	jiànkāng	N	health
26	旅遊	lǚyóu	N	tourism, travel
27	交通	jiāotōng	N	transportation, traffic
28	津貼	jīntiē	N	allowance, subsidy
29	聯絡	liánluò	N	contact

情境活動一　Situated Activity I

詢問工作內容的細節

❖ 情境描述：

你在網路上看見一則徵才訊息，想去應徵，可是還不太清楚這份工作要做哪些事情，所以你打電話給已經有工作的朋友，想問他的意見。

❖ 課前作業：

1. 請學生去找一個他想應徵的工作職位。

2. 訪問一個已經在那個職位工作的朋友，了解這份工作要做的內容、工作時間的長短，像幾點上班、下班，要不要加班等；工作型態，如：責任

制或上下班打卡制，每天上班還是兩天休息一天？還有那個工作職位的
相關福利等問題，完成表格 A。

3. 請學生提早將他想應徵的職位告知老師，讓老師可以掌握全班感興趣的
工作情形，讓接下來的活動可以順利進行。或者教師也可以先指定 3 到 4
種職位，如：「行銷專員」、「企劃人員」、「軟體工程師」、「金融業
務助理」等，再讓學生從中選擇其中一種去訪問朋友。

表格 A

我想應徵的工作：	職位：
工作內容	
工作時間	
工作型態	
相關福利	
其他	

表格 A 的問題

例：

我想應徵的工作：行政助理	職位：助理
工作內容	安排會議時間、整理會議資料、印資料、送資料、買咖啡、訂便當……
工作時間	幾點上班？幾點下班？每天工作幾個小時？可以彈性上下班嗎？一個星期休息幾天？工作一年以後有幾天假？
工作型態	上下班要打卡嗎？每天都要去公司嗎？要不要加班？ 還是工作做完了就可以回家？要出差嗎？
相關福利	年終獎金、員工旅遊、交通津貼、中秋節吃月餅、端午節有粽子
其他	

❖ **情境安排：**

學生兩人一組，A 扮演已經有工作的人，B 是正在找工作的人。B 打電話給
A 詢問工作的事情。

❖ **教學示例：**

1. 曾經……V 過……
2. 在○○公司有工作 X 年的經驗。
3. 一般來說，○○的工作是負責 A、B、C 等。
4. 原則上……，但是……

❖ 補充詞彙：

編號	生詞	拼音	英文意思
1	曾經	céngjīng	once, already
2	請教	qǐngjiào	to consult
3	負責	fùzé	to be in charge of
4	原則上	yuánzéshàng	in principle

❖ 進行方式：

1. 教師先大致將學生的要應徵的職位分類，讓同屬性的工作分在同一組。
2. 把學生分成 AB 兩組，A 組是已經有工作的人，B 組是找工作的人。
3. A 組的同學，拿著自己已經填好的表格 A，等 B 組的同學問問題。
4. B 打電話給 A，但在電話裡要先關心 A 以後，才能問 A 他想要問的問題。
5. A 聽到問題以後要負責回答，B 再把他聽到的內容記錄下來。完成表格 B。

我要知道的工作是：		職位：	
工作內容			
工作時間			
工作型態			
相關福利			
其他			

6. 過程中，可能 A 不能回答 B 的問題，因為他對 B 想要找的工作不了解，那麼 B 就要想辦法請 A 說出自己知道的工作職務，當作分享。
7. AB 角色互換。

延伸活動　Extended Activity

當介紹人

❖情境安排：

你接到朋友 B 的電話，可是你不清楚他問的工作，但是你的好朋友 C 從事這方面的工作，所以你給 C 傳訊息，請 B 跟 C 加好友，讓 B 來請教你的朋友 C。

情境活動二　Situated Activity II

看懂中文履歷表

❖情境描述：

你是一家公司的人力資源部經理，你收到了三份履歷表，你要看看這三位應徵者的個人資料，並且在會議中提出你對這三位應徵者的看法。

❖課前作業：

1. 老師準備一份中文履歷表格式。
2. 請學生先找好一位名人的個人資料，包括他的姓名、年齡、工作經歷、應徵的職務以及希望的薪資等。或是由教師提供三位名人，讓學生準備他們三人的基本資料。

❖情境安排：

1. 將全班同學分成三組，讓學生都能看見同組的每個組員。
2. 每一組給一張名人的照片，以及 B3 大小的履歷表一份。
3. 若有學生較快完成任務，可以再給他一份大張的履歷表，請他們填寫他們找的名人履歷。

❖ **教學示例：**

1.中文履歷表格式

(一) 個人基本資料				
姓　　名：		性　別：	□男性　□女性	照片
國　　籍：	□中華民國 □外籍人士：＿＿＿＿	身分證字號／ 居留證號碼：		
出生日期：	民國＿年＿月＿日	婚姻狀況：	□單身　□已婚 □不提供	

電子郵件：

戶籍地址：＿市／縣＿市／區／鄉／鎮＿＿路／街／村／里＿段＿巷＿弄＿號＿樓之＿

通訊處：＿市／縣＿市／區／鄉／鎮＿＿路／街／村／里＿段＿巷＿弄＿號＿樓之＿

聯絡電話：(　　)		行動電話：	

學歷	學校名稱	科系名稱	就讀時間
			＿年＿月至＿年＿月
	最高學歷：□國中（含）以下　□高中　□高職　□專科 　　　　　　□大學　□研究所　□博士 狀態：□畢業　□肄業　□就學中		

(二) 工作條件		
應徵職務名稱：		可上班時間：＿年＿月＿日／□隨時
是否在職：□是　□否 　　　　　□無工作經驗		希望薪資待遇：

經歷	時間	公司、職務名稱	工作地點	待遇

(三) 專長

語言程度請圈選

外語類別 及程度	聽	說	讀	寫
1.＿＿＿＿	不懂 略懂 中等 精通	不懂 略懂 中等 精通	不懂 略懂 中等 精通	不懂 略懂 中等 精通

電腦專長：
專業證照：
其他技能專長和證照：

2.三位名人（可以依照學生人數增減）

| 馬克・祖克柏 | 伊隆・馬斯克 | 歐普拉 |

❖ 補充詞彙：

編號	生詞	拼音	詞性	英文意思
1	性別	xìngbié	N	gender
2	國籍	guójí	N	country of citizenship
3	出生日期	chūshēngrìqí	N	birth
4	婚姻	hūnyīn	N	marriage
5	狀況	zhuàngkuàng	N	situation
6	通訊處	tōngxùnchù	N	communication/mailing address service
7	肄業	yìyè	Vi	some college, no degree
8	就學	jiùxué	Vi	to be enrolled as a student
9	隨時	suíshí	Adv	at any time
10	在職	zàizhí	N	incumbent
11	專長	zhuāncháng	N	expertise
12	證照	zhèngzhào	N	license

❖ 進行方式：

1. 教師先帶領學生閱讀中文履歷表，讓學生了解要填寫哪些內容。

2. 將學生分組，讓他們分別填寫一位名人的履歷表。

3. 填好履歷表之後，教師將這三份履歷表，張貼在教室牆上。

4. 限時三分鐘，請同學去觀看別組的內容，並記得重要的資訊。

5. 教師根據同學填寫的這三份履歷表，以搶答的方式進行簡單的內容提問。如：馬克・祖克伯的國籍是哪裡？伊隆・馬斯克是哪所大學畢業的？歐普拉現在的職務是什麼？題數可依學生狀況調整，由得分最高的小組獲勝。

這個部分也可以由填寫的小組提問，讓其他兩組回答，一樣由得分最高的小組獲勝。

6. 讓學生自由發表，要是他是主管，他看了履歷表以後，他對這三位應徵者的有什麼看法。

延伸活動　Extended Activity

1. 這份中文履歷表，哪些項目在你的國家是不必填寫的內容？哪些內容又是一定要問，可是中文履歷表卻沒有的呢？
2. 請填寫一份你自己的中文履歷表。

❖ 兩岸詞彙比一比

	臺灣		中國	
1	資訊	zīxùn	信息	xìnxī
2	行銷	xíngxiāo	營銷	yíngxiāo

第二課　面試 🎧
Lesson 2　Job Interview

對話　Dialogue

李志明：求職者

面試官：你好，請你先簡單地自我介紹。

李志明：您好，我叫李志明，今年二十五歲，目前住在新竹。去年從清華大學國際專業管理碩士班畢業，也就是 IMBA。畢業以後，在新竹科學園區的一家科技公司擔任業務助理，上個月剛剛離職。

面試官：你為什麼離開這家公司？有什麼問題嗎？

李志明：這家公司沒有什麼問題。我離職是因為想找一個更有挑戰性的工作。

面試官：我們公司有很多外國客戶，你認為你的語言能力可以勝任這份工作嗎？

李志明：我的語言能力不錯，除了英文、中文、越南文很流利之外，我還會說法文，和一點兒日文。

面試官：你會說這麼多語言，真讓人印象深刻。可以談談你過去做得最成功的一件事嗎？

李志明：好。我認為自己從越南來臺灣留學，克服了語言、文化的困難，而且在臺灣交了很多好朋友，這是我做得最成功的事。

面試官：你應徵的職位是行銷專員，那你對我們公司的產品了解嗎？

李志明：我知道貴公司生產手機、平板電腦，也參加過你們的產品發表會。我對這方面很有興趣，常常注意相關新聞。

面試官：好的。今天的面試就到這裡，我們會在一週內通知你面試的結果。

李志明：謝謝，希望有機會到貴公司服務。

生詞與短語一 🎧 Vocabulary and Phrases I

編號	生詞	拼音	詞性	英文意思
1	面試官	miànshìguān	N	interviewer
2	目前	mùqián	N	currently
3	畢業	bìyè	V	to graduate
4	科技	kējì	N	technology
5	擔任	dānrèn	V	to serve as
6	業務助理	yèwù zhùlǐ	N	sales assistant
7	離職	lízhí	V	to resign, to quit
8	挑戰性	tiǎozhàn xìng	N	challenging
9	客戶	kèhù	N	client
10	認為	rènwéi	V	to think, to have the opinion that
11	勝任	shēngrèn	V	to be qualified for
12	印象深刻	yìnxiàng shēnkè	Vs	impressed
13	談	tán	V	to talk
14	成功	chénggōng	Vs	successful
15	留學	liúxué	V	to study abroad
16	克服	kèfú	V	to get over, to overcome
17	困難	kùnnán	N	difficulty
18	而且	érqiě	Conj	also
19	專員	zhuānyuán	N	coordinator, commissioner
20	產品	chǎnpǐn	N	product
21	了解	liǎojiě	V	to understand
22	生產	shēngchǎn	V	to produce
23	平板電腦	píngbǎn diànnǎo	N	tablet computer
24	發表會	fābiǎohuì	N	product launch

編號	生詞	拼音	詞性	英文意思
25	方面	fāngmiàn	N	aspect
26	注意	zhùyì	V	to pay attention to
27	結果	jiéguǒ	N	result
28	機會	jīhuì	N	chance, opportunity
29	服務	fúwù	V	to serve

專有名詞　Specialized Terms

編號	生詞	拼音	英文意思
1	國際專業管理碩士班	Guójì zhuānyè guǎnlǐ shuòshìbān	International MBA
2	新竹科學園區	Xīnzhú kēxué yuánqū	Hsinchu Science and Industrial Park

句型　Sentence Patterns

一、也就是…… **In other words**

用另一個方式（通常是比較簡單或更清楚的說法）描述前句提到的內容。

也就是 is used to explain what has been mentioned in the previous sentence more clearly or in a simpler way.

➤ 去年從清華大學國際專業管理碩士班畢業，也就是 IMBA。

➤ 颱風常發生在夏季或初秋，也就是七月到九月。

➤ 應用程式，也就是我們常說的 APP，已經成為現代人生活中最重要的工具了。

練習：完成句子

1.昨天，＿＿＿＿＿＿＿＿＿＿＿（日期），學校辦了一個活動，請所有的外國學生來參加。

2.小麗的父母認為，比起母語，她應該多花一點時間學習世界上最多人使用的語言，＿＿＿＿＿＿＿＿＿＿＿＿＿＿＿＿＿＿＿＿。

二、……是因為…… is because

用來說明「是因為」前面事件的原因或理由，「是因為」的後面通常是一個句子或動詞短語。

是因為 is usually followed by a sentence or verb phrase explaining the situation or event preceding 是因為 .

➢ 我離職是因為想找一個更有挑戰性的工作。

➢ 我搬去臺北是因為那裡的工作機會比較多。

➢ 你做得不好，不是因為沒有能力，是因為不夠認真。

練習：回答問題

1.Q：你為什麼到臺灣來？

　A：＿＿＿＿＿＿＿＿＿＿＿＿＿＿＿＿＿＿＿＿＿＿＿。

2.Q：他們為什麼不吃肉？

　A：＿＿＿＿＿＿＿＿＿＿＿＿＿＿＿＿＿＿＿＿＿＿＿。

三、除了……之外，還…… In addition to ..., also ...; besides

表示不算「除了……以外」之間的已知訊息，另外要加上「還」之後的新訊息。「除了」後面可接名詞、動詞、SV 或短句。「之外」可省略。

The part between 除了 and 之外 is what has been known (old information) and the part after 還 is the new information. 除了 can be followed by nouns, verbs, stative verbs or phrases. 之外 can be omitted.

➢ 除了英文、中文、越南文很流利之外，我還會說法文，和一點兒日文。

➢ 我媽媽除了中國菜之外，還常做法國菜和泰國菜。

➢ 我除了借她錢之外，還能怎麼幫她？

練習：回答問題

1.Q：你週末常做什麼？

A：＿＿＿＿＿＿＿＿＿＿＿＿＿＿＿＿＿＿＿＿＿＿＿＿。

2.Q：要是想去機場，可以怎麼去呢？

A：＿＿＿＿＿＿＿＿＿＿＿＿＿＿＿＿＿＿＿＿＿＿＿＿。

四、而且⋯⋯　also

用來表示受描述的對象具備兩種以上的特質，或更多的發生原由，「而且」常連接兩個句子、短語或狀態動詞。

而且 is used to express that the described objects or events have more than two characteristics or reasons. 而且 usually connects two clauses, phrases or stative verbs.

➢ 我認爲自己從越南來臺灣留學，克服了語言、文化的困難，而且在臺灣交了很多好朋友，這是我做得最成功的事。

➢ 他越來越不喜歡念書，而且常常不來上課，父母和老師都很擔心他。

➢ 這家店賣的水果又新鮮又好吃，而且比超級市場的便宜多了。

練習：回答問題

1.Q：你爲什麼學中文？

A：＿＿＿＿＿＿＿＿＿＿＿＿＿＿＿＿＿＿＿＿＿＿＿＿。

2.Q：騎機車很有意思，你爲什麼不騎？

A：＿＿＿＿＿＿＿＿＿＿＿＿＿＿＿＿＿＿＿＿＿＿＿＿。

五、對⋯⋯有興趣　to be interested in ...

「對⋯⋯有興趣」表示開始喜歡、注意或想了解更多「對」的賓語。「對」的後面接名詞或動詞賓語。「有興趣」的前面可加程度副詞來增強，或加「沒」表示否定。

對 is followed by nouns or verb phrases which the speaker is interested in. 有興趣 can be preceded by adverbs of degree or the negator 沒 .

➢ 我對這方面很有興趣，常常注意相關新聞。

➢ 李小姐對運動沒有興趣，你還是找別人跟你一起去吧！

➢ 你應該先想一想自己對什麼工作比較有興趣，再決定去哪些公司應徵。

練習：回答問題

1.Q：你要不要來我們餐廳打工？

　A：不好意思，_____。

2.Q：為什麼你的書法寫得這麼好？

　A：_____。

閱讀材料　Reading Materials

建文學弟：

　　好久不見了！收到你的信時真是又驚又喜，沒想到你也來應徵我們公司了。兩年前我剛畢業的時候，也像現在的你一樣，努力地為面試做準備。你希望我以過來人的身分給你一些建議，這當然沒問題，希望我的建議對你的面試有幫助。

　　首先是服裝方面，我們公司平時不要求員工穿西裝，只要穿得整齊、乾淨就行了。如果你擔心看起來不夠正式，可以穿白色襯衫、深色長褲和皮鞋來面試。第二件重要的事情是注意禮貌。臺灣人很重視說話的禮貌，所以見面時的問候語、結束時的感謝語都別忘了說！

　　面試的時候不必緊張，就算有聽不懂的問題，也可以請面試官換個方式再問一次。介紹自己的時候要有自信，但是不能說得太誇張，或是說太多跟工作內容沒有關係的事。不過要是你發現面試

官對某個話題特別感興趣，可以多談談那個部分。你的語言能力很好，我相信你會有很棒的表現。

最後，祝你面試順利！

李志明　上

生詞與短語二 🎧 Vocabulary and Phrases II

編號	生詞	拼音	詞性	英文意思
1	又驚又喜	yòu jīng yòu xǐ		surprised and delighted
2	過來人	guòlái rén	N	a person who has had the experience; been there, done that
3	身分	shēnfèn	N	identity
4	建議	jiànyì	N	suggestion
5	首先	shǒuxiān	A	first of all
6	服裝	fúzhuāng	N	clothing
7	員工	yuángōng	N	employee
8	西裝	xīzhuāng	N	suit
9	整齊	zhěngqí	Vs	neat
10	正式	zhèngshì	Vs	formal
11	深	shēn	Vs	dark
12	禮貌	lǐmào	N	courtesy, manners
13	重視	zhòngshì	V	to value
14	問候語	wènhòu yǔ	N	greetings
15	感謝語	gǎnxiè yǔ	N	words of appreciation
16	誇張	kuāzhāng	Vs	exaggerated

編號	生詞	拼音	詞性	英文意思
17	不過	búguò	Conj	but
18	某	mǒu	Det	certain
19	表現	biǎoxiàn	N	performance
20	順利	shùnlì	Vs	smoothly

情境活動一　Situated Activity I

團體面試

❖ **情境描述：**

　　○○公司的會議室裡坐著三位面試官，他們要對你和其他兩位應徵者一起進行面試，你必須在很短的時間內表現出自己的特色，讓他們對你印象深刻。

❖ **課前作業：**

　　教師先設定好公司與職位，請學生準備兩分鐘的自我介紹，必須使用定式與補充詞彙，內容為真實情況，也可以準備過去的作品或得獎證明。

❖ **情境安排：**

　1.教師布置兩排相同數量的課桌椅，以面對面的方式擺放。

　2.視學生人數多寡決定分組方式。如：由三位學生扮演面試官，一字排開坐下，另外三位學生扮演應徵者，坐在面試官對面的位置。

　3.在面試官的桌上放置虛擬的職銜。如：業務部經理、人事部主任等。

❖ **進行方式：**

　1.扮演面試官的學生說一段開場白。

　2.請三位應徵者使用定式與詞彙輪流自我介紹。

　3.請三位面試官說出對每位應徵者印象最深刻的部分。

　4.應徵者與面試官角色互換。

Lesson 2

❖ 教學示例：

今天很感謝各位到〇〇公司來參加面試，我是業務部經理陳〇〇，這位是人事部的林主任，這位是總務部的王主任。接下來要請各位自我介紹，每位大約兩分鐘。

陳經理、林主任、王主任，午安，很榮幸有機會到〇〇公司來參加面試。敝姓〇，叫〇〇……我的介紹到此結束，謝謝各位。

大家好，很高興今天能夠參加這場面試。我是……以上就是我的自我介紹，希望有機會到貴公司來工作。謝謝！

各位午安！非常感謝〇〇公司給我這個面試的機會。我叫……我的介紹就到這裡，希望未來能夠為貴公司服務。

謝謝。請下一位開始。

❖ 補充詞彙 / 句式：

敝	貴	榮幸	學經歷
態度	累積	發展	經營
開發	達成		
在……方面一直都有……的表現		以……為目標繼續努力	

延伸活動　Extended Activity

突發狀況

參加團體面試當天，你做好了所有的準備，但是卻發生了意想不到的狀況。

1.因為交通問題，你快遲到了，你要怎麼做才不會失去這個面試機會？

2.快輪到你面試時，肚子痛起來了，要怎麼做才能讓面試順利？

❖ 補充詞彙：

盡快	諒解	順序	延後

情境活動二　Situated Activity II

個別面試

❖ 情境描述：

○○公司請你來參加面試。因為他們想對應徵者有更多的認識，所以安排了十五分鐘的面試時間，同時他們也準備了一些困難的問題。

❖ 課前作業：

每位學生必須先決定好想應徵的公司與職位。

❖ 情境安排：

教師將桌椅擺放為面試現場的樣子。

❖ 教學示例：

請問你為什麼想到我們公司來應徵？

貴公司的知名度高、規模大，我相信在這裡工作，未來一定會有更好的發展。

❖ 進行方式：

　　1.每次由兩位學生擔任面試官，一位學生當應徵者。

　　2.面試官輪流提問。

　　3.教師在旁記錄並適時引導。

❖ 提問內容：

　　1.你為什麼對這個職位感興趣？

　　2.大學念的科系跟這份工作有沒有關係？

　　3.你以前有哪些工作經驗？對這份工作有什麼幫助？

　　4.請說說你在工作上的優缺點。

❖ 補充詞彙／句式：

我一直都很想嘗試……	對我來說……
學以致用	有……的基礎
曾經在……有過……的經驗	讓我在面對困難時能夠……
對……很積極	擅長
雖然……但是我願意……	

延伸活動　**Extended Activity**

挑剔的面試官

　　在面試時，有一位面試官故意問了一些很難回答的問題，想看看你的反應。

　　例如：

　　1.這個職位需要有經驗的人，但你的工作經驗太少了。

　　2.依你現在的語言能力，可能很難跟其他員工好好地交流或溝通。

　　3.你好像很喜歡去旅行，這不會影響你的工作嗎？

　　4.要是公司常派你去國外出差，你能接受嗎？要是家人反對，你怎麼處理？

❖ 補充詞彙：

熱情	學習能力	肢體語言	翻譯
科技	發達	增廣見聞	說服

第三課　應聘
Lesson 3　Job Offer

對話　Dialogue

Lesson 3

陳家華：智慧科技公司人力資源部員工
王妮可：求職者

陳家華：喂，您好，請問是王妮可小姐嗎？
王妮可：我是，請問您是哪位？
陳家華：這裡是智慧科技公司人力資源部，我姓陳。您應徵本公司
　　　　的業務部專員，我們已經決定錄取您了。
王妮可：太好了，謝謝您！請問我什麼時候可以開始上班？
陳家華：請您在 8 月 25 日上午 8 點來公司報到。今天下午我們會寄
　　　　出正式的錄取通知，請您留意您的電子信箱。
王妮可：好的。請問報到時我應該準備什麼？
陳家華：報到需要的資料都會列在錄取通知中，公司沒有嚴格的服
　　　　裝規定，但是希望員工盡量穿著正式一點的服裝。
王妮可：謝謝您。我會注意的。
陳家華：另外提醒您，如果您決定放棄錄取資格，麻煩您在三天內
　　　　撥打通知書上的電話告知。
王妮可：我知道了，非常感謝您來電通知。
陳家華：歡迎您加入我們公司。再見。
王妮可：再見。

生詞與短語一 🎧 Vocabulary and Phrases I

編號	生詞	拼音	詞性	英文意思
1	應聘	yìngpìn	V	to accept an offer of employment
2	人力資源	rénlìzīyuán	N	human resources
3	部	bù	N	a department within a larger organization

編號	生詞	拼音	詞性	英文意思
4	者	zhě	N	(suffix) -er, -ist
5	報到	bàodào	V	to report for duty, to check in
6	留意	liúyì	V	to look out (for)
7	電子信箱	diànzǐxìnxiāng	N	e-mail address
8	規定	guīdìng	N	rule, regulation
9	需要	xūyào	V	to need, to require
10	嚴格	yángé	Vs	strict
11	盡量	jìnliàng	Adv	to do one's best
12	提醒	tíxǐng	V	to remind
13	放棄	fàngqì	V	to give up
14	撥打	bōdǎ	V	to call, to dial
15	告知	gàozhī	V	to inform, to notify
16	來電	láidiàn	V	to make a phone call

句型　Sentence Patterns

一、列在……中　to be listed in ...

把特定物品或事項按照一定的順序排列在文件裡。

列在…中 is used to indicate that items, things or people are listed in files, documents or papers.

➢ 報到需要的資料都會列在錄取通知中。

➢ 產品的使用說明都列在說明書中，您可以對照說明書使用。

➢ 公司的影印機壞掉了，修了好幾次還是常常出問題，把影印機列在明年的採購清單中吧！

➢ 這個人不守信用，已經被列在我們公司的黑名單中，我們不做他的生意。

Lesson 3

練習：

1. 你會去超市買日常用品嗎？請選擇一個你常去的商店，列一張你這個星期的採購清單（五項物品），並和大家分享。

1	
2	
3	
4	
5	

請每個人說出一個你印象最深的項目，告訴我們這個東西列在誰的清單中。

2. 如果你做生意，怎麼樣的人會被你列在拒絕往來的名單中？

3. 在我們的文化中，逢年過節要送生意上有往來的人和親朋好友禮盒，如果你要列一個送禮名單，你的同學會被列在名單中嗎？為什麼？

二、……內

在特定的時間或空間範圍裡。

…內 is used to specify the scope of time or space.

➤ 如果您決定放棄錄取資格，麻煩您在三天內撥打通知書上的電話告知。

➤ 如果您對於這個商品不滿意，可以在七天內回來退貨。

➤ 客戶表示如果我們能在兩個月內交貨，他們願意多付 5% 的貨款。

➤ 老闆說給我三個月的時間，如果三個月內我的銷售業績都沒有成長，就要把我開除了，怎麼辦？

練習：完成句子

1. 我決定要在＿＿＿＿＿＿＿＿＿＿＿＿＿＿＿＿學完五百個中文生詞！

　　2.＿＿＿＿＿＿＿＿如果我不能讓公司的銷售額增長 30%，我就主動請辭！

　　3.吹牛大賽

　　請用「我決定要在＿＿＿＿＿」的句型，說說你可以在多短的時間內做到一件事，越誇張越好！

　　　　如：⑴ 我決定要在三天內學完這本課本！

　　　　　　⑵ 我決定要在一個月內賺到一百萬！

閱讀材料　Reading Materials

錄取通知書

王妮可小姐：

　　臺端應徵本公司業務部專員職缺，面試結果為：錄取。請依本通知單準備報到所需資料並留意報到時間。報到程序完成後即成為本公司正式員工並開始支薪，當日將由人力資源部進行新進員工職前訓練。若報到日不克前來或決定放棄錄取資格，請務必在三日內來電告知。如有任何問題請洽人力資源部專員陳家華先生。（03-5341235/ChenJiaHua@QingHua.edu.tw）。

　　歡迎您加入本公司！

人力資源部敬啟

報到時間：2020 年 8 月 25 日上午八時

報到地點：新竹市光復路二段 101 號　清華科技公司人力資源部

錄取職位：業務部專員

核定薪資：每月新臺幣 46,000 元。

外籍新進人員報到應備資料	
1	護照或外僑居留證正本
2	最高學歷證明正本
3	最近三個月內兩吋正面半身照三張
4	清華銀行存摺封面影本（若無清華銀行帳號，請於報到前自行開戶）
5	三個月內體檢報告單

生詞與短語二 🎧 Vocabulary and Phrases II

編號	生詞	拼音	詞性	英文意思
1	臺端	táiduān	N	you (formal and polite, used in official letters)
2	依	yī	Prep	according to
3	程序	chéngxù	N	procedure
4	即	jí	Conj	then
5	支薪	zhīxīn	V	to pay salary
6	當日	dāngrì	N	on that day
7	新進員工	xīnjìnyuángōng	N	new staff
8	職前訓練	zhíqiánxùnliàn	N	pre-employment training, pre-service training
9	若	ruò	Conj	if
10	不克前來	bùkèqiánlái		to be unable to attend
11	務必	wùbì	Vaux	must
12	職位	zhíwèi	N	position
13	核定	hédìng	V	to approve
14	外僑居留證	wàiqiáojūliúzhèng	N	Alien Resident Certificate (ARC)

編號	生詞	拼音	詞性	英文意思
15	最高學歷	zuìgāoxuélì	N	highest academic degree
16	吋	cùn	N	inch
17	存摺	cúnzhé	N	bankbook, passbook
18	封面	fēngmiàn	N	front cover
19	影本	yǐngběn	N	copy
20	帳號	zhànghào	N	account number
21	自行	zìxíng	Adv	by oneself
22	開戶	kāihù	V	to open a bank account
23	體檢	tǐjiǎn	N	health checkup
24	單	dān	N	form

情境活動一　Situated Activity I

❖ **情境描述：**

你接到了課文中的錄取通知，可是你覺得不太滿意，你打算跟公司再談一談⋯⋯。

❖ **課前作業：**

請同學回家寫好自己的講稿，寫成一份在打電話時可以看的小抄。

❖ **情境安排：**

兩人一組，一人在教室外，一人在教室內打電話。（兩人要在聽不到對方聲音的兩個地方）

❖ **教學示例：**

A：您好，請問是陳家華先生嗎？

B：我就是，請問您是哪位？

A：我是王妮可，應徵公司的業務部專員，今天接到了錄取通知，有一些問題想跟您請教。

B：請說。

A：我想請問關於＿＿＿＿＿＿的部分，是否還有調整的空間？我的
　　外語能力＿＿＿＿＿＿，另外我也有多年工作經驗，我相信我能
　　爲公司帶來＿＿＿＿＿＿。

B：好，我會向主管報告，請您靜候回音。

A：謝謝您，麻煩您了，再見。

❖補充詞彙：

討論空間	福利	固定調薪	業績獎金	年終獎金
加班	加薪	工時	責任制	平均薪資

❖進行方式：

兩人一組，一人扮演應徵者，一人扮演公司代表。其中一人在教室內，一人
在教室外。應徵者用網路電話說明自己不滿意的部分，完成之後交換角色。

延伸活動　Extended Activity

你怕自己沒辦法在電話裡用中文說清楚，所以決定不打電話，要寫 E-mail
給公司，你會怎麼寫？

情境活動二　Situated Activity II

❖情境描述：

按照課文中的錄取通知書，你要準備好報到需要的資料，你要去哪些地方
才能把這些東西準備齊全？

❖課前作業：

把從你家到這些地方的地圖畫出來，標示在哪裡可以辦哪些事情。上課時
向大家展示你的地圖，並且說明你會怎麼做。

❖ **教學示例：**

　　臺灣的銀行三點半就關門了，所以我會先到清華銀行開戶。在清華銀行開戶需要_____。接著我會到 XX 醫院做健康檢查，醫生說一個星期以後可以拿到報告。最後我會到我家附近的照相館拍證件照。

❖ **補充詞彙：**

照相館	證件照	大頭照	健康檢查	印章

❖ **進行方式：**

1. 老師先介紹補充詞彙，根據短文中的通知單，大家一起討論準備這些資料要去哪些地方、需要哪些東西。

2.同學回家畫出地圖，並且排好辦理流程。

3.下次上課分組展示自己畫的地圖，說明自己安排的流程。

4.同學報告完畢以後，大家一起討論有沒有更好、更快的方法。

延伸活動　**Extended Activity**

❖情境安排：

你最希望公司附近能增加哪些商店或機構？請介紹一下你的公司（或者一家你想去的公司）的周遭環境，並且告訴同學你希望能多哪一些商店或機構。（人數少可以輪流報告，或者分成小組進行報告。如果許多人在同一家公司，可以抽籤決定其中一位主要報告公司周遭環境，其他人輪流說希望增加的部分）

❖補充詞彙：

周遭	簡餐店	郵局	便利商店	手搖飲料店

第四課　辦公環境 🎧
Lesson 4　Office Environment

對話　**Dialogue**

Lesson 4

王新新：客服部專員，公司新進員工
陳主任：人力資源部主任

王新新：陳主任您好，我是今天來報到的王新新。請多指教！
陳主任：你好，歡迎你。我先帶你到處看看吧！這棟大樓從一樓到
　　　　四樓都是我們公司的，一樓是業務部的辦公區。
王新新：這裡好舒服，簡直就像是咖啡廳！
陳主任：是啊！業務部的專員有時需要帶客戶來公司洽談生意，公
　　　　司希望可以讓客戶在這裡有賓至如歸的感覺。
〔兩人往二樓走〕
陳主任：客服部跟公關部都在二樓。不論是業務、客戶服務，還是
　　　　公關，都需要良好的溝通技巧。
王新新：我聽說公司最近有位新的公關部經理，是不是就是前面這位？
陳主任：是的。李經理，這是新來的客服專員王新新。這位是公關
　　　　部的李經理，李經理是總經理高薪挖角來的公關專才，你
　　　　以後要多跟李經理學學。她在業界的關係非常好，沒有人
　　　　不認識她。
王新新：李經理，久仰大名，很榮幸以後能跟您一起工作，請您多
　　　　多指教！
李經理：陳主任太過獎了！別客氣，以後大家就是同事了，我正在
　　　　忙，請恕我先失陪了。
〔陳主任帶王新新繼續參觀〕
陳主任：三樓是企劃行銷部，負責產品的企劃跟市場定位、制定行
　　　　銷策略，另外還要整合行銷通路。
王新新：那麼四樓就是會計室囉？
陳主任：四樓是會計室跟總經理辦公室。如果你要到會計室報帳，
　　　　一定要先看過他們的規定，按照要求的格式填好表單。
王新新：好的，非常感謝陳主任抽空帶我認識公司環境，我一定會
　　　　努力工作的！

生詞與短語一 🎧 Vocabulary and Phrases I

編號	生詞	拼音	詞性	英文意思
1	請多指教	qǐng duō zhǐjiào		I'd appreciate any guidance or advice
2	業務部	yèwù bù	N	Sales Department
3	辦公區	bàngōng qū	N	workspace
4	簡直	jiǎnzhí	Adv	simply; virtually
5	洽談生意	qiàtán shēngyì	V	to engage in business negotiations
6	賓至如歸	bīnzhìrúguī		to feel at home
7	客服部	kèfú bù	N	Customer Service Department
8	公關部	gōngguān bù	N	Public Relations Department
9	溝通	gōutōng	V	to communicate with
10	技巧	jìqiǎo	N	skill, technique
11	經理	jīnglǐ	N	manager
12	總經理	zǒngjīnglǐ	N	general manager
13	高薪	gāoxīn	N	high salary
14	挖角	wājiǎo	V	to headhunt
15	專才	zhuāncái	N	expert
16	業界	yèjiè	N	industry, line of business
17	久仰大名	jiǔyǎngdàmíng		I have been looking forward to meeting you for a long time.
18	榮幸	róngxìng	V	to be honored, to have the honor of
19	過獎	guòjiǎng	V	to overpraise
20	恕	shù	V	to forgive, to excuse

編號	生詞	拼音	詞性	英文意思
21	失陪	shīpéi		Excuse me but I have to go.
22	企劃行銷部	qìhuà xíngxiāo bù	N	Planning and Marketing Department
23	市場定位	shìchǎng dìngwèi	N	market positioning
24	制定	zhìdìng	V	to formulate
25	行銷策略	xíngxiāo cèlüè	N	marketing strategy
26	整合	zhěnghé	V	to integrate
27	行銷通路	xíngxiāo tōnglù	N	marketing channel
28	會計室	kuàijì shì	N	accounting office
29	報帳	bàozhàng	V	to claim business expenses
30	按照	ànzhào	Prep	according to
31	格式	géshì	N	format
32	填	tián	V	(of forms) to fill in
33	表單	biǎodān	N	form
34	抽空	chōukòng	V	to set aside time to do something
35	環境	huánjìng	N	environment

句型　Sentence Patterns

一、簡直　simply; virtually

「簡直」常置於謂語前，用來加強說話者的讚嘆或批評。

簡直 is an adverb used to stress or exaggerate an opinion.

➤ 這裡好舒服，簡直就像是咖啡廳！

➤ 你的中文太好了，簡直跟臺灣人一樣！

➤ 你認識的字真多，簡直就是個活字典！

> 他跑得超快，簡直像是一陣風！

遇到下面的情況，你會怎麼說？請用「簡直」來表示你自己的意見。（可以用前面括弧中的字）。

練習：

1. 你跟你的朋友已經十年沒見，在臺灣遇到了你的朋友，你想讓他知道你有多驚喜。
   （不敢相信）＿＿＿＿＿＿＿＿＿＿＿＿＿＿＿＿＿＿＿＿＿

2. 你的朋友畫的畫非常好看，你想稱讚他。
   （藝術品）＿＿＿＿＿＿＿＿＿＿＿＿＿＿＿＿＿＿＿＿＿＿

3. 你到朋友家，他的房子看起來又豪華又舒適，你想稱讚他的房子。
   （五星級飯店）＿＿＿＿＿＿＿＿＿＿＿＿＿＿＿＿＿＿＿

二、不論（是）……還是……，都…… no matter; regardless of

用來表示兩種不同的事物或條件都具備或產生相同的情況或結果。「還是」可連接兩個名詞、動詞短語或小句。

還是 is used to connect two nouns, verb phrases or clauses. After 都, the speaker says how the two things possess the same quality or yield the same result.

> 不論是業務、客戶服務，還是公關，都需要良好的溝通技巧。
> 她交遊廣闊，不論是達官貴人，還是販夫走卒，都有她的好朋友。
> 不論是吃飯，還是喝酒，只要你找他，他都會來的。
> 不論你打算繼續進修，還是進入職場，都可以找老師討論。

Lesson 4

練習：看圖說句子

1. 不論內用，還是外帶，
   都要_____。

2. 不論是颱風，還是下雨，
   _____。

3. 不論你_____，明天開始，你就到業務部去上班。

三、沒有人不…… There's nobody who doesn't ...

表示所有人都具備「不」後面的情況。「沒有人不認識他」表示「每個人都認識他」。

沒有人不…is used to emphasize that the subsequent statement is true of everyone.

➢ 她在業界的關係非常好,沒有人不認識她。

➢ 全公司沒有人不知道他喜歡你。

➢ 他待人和氣,工作能力又好,沒有人不願意跟他合作。

➢ 這個部落裡沒有人不會唱歌,人人都有一副好歌喉。

請用「沒有人不 VP」改寫句子,讓句子的意思維持不變。

練習:改寫句子

1.她又聰明又溫柔,<u>所有人都喜歡她</u>。

_____

2.<u>每個人都想過</u>幸福快樂的生活。

_____

3.珍珠奶茶太好喝了,我覺得<u>大家一定都喜歡喝珍珠奶茶</u>!

_____

Lesson 4

閱讀材料　Reading Materials

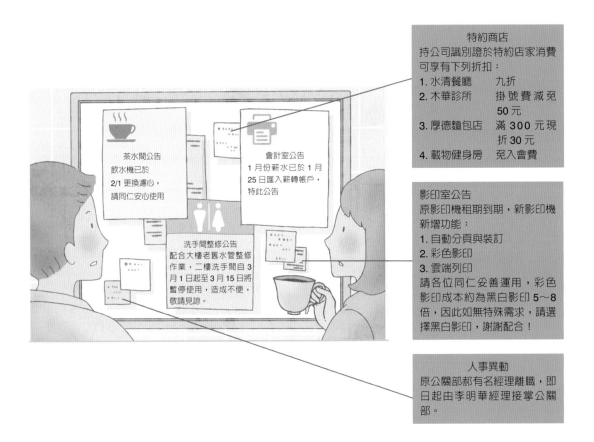

特約商店
持公司識別證於特約店家消費
可享有下列折扣：
1. 水清餐廳　　九折
2. 木華診所　　掛號費減免
　　　　　　　　50元
3. 厚德麵包店　滿300元現
　　　　　　　　折30元
4. 載物健身房　免入會費

影印室公告
原影印機租期到期，新影印機
新增功能：
1. 自動分頁與裝訂
2. 彩色影印
3. 雲端列印
請各位同仁妥善運用，彩色
影印成本約為黑白影印5～8
倍，因此如無特殊需求，請選
擇黑白影印，謝謝配合！

人事異動
原公關部郝有名經理離職，即
日起由李明華經理接掌公關
部。

茶水間公告
飲水機已於
2/1更換濾心，
請同仁安心使用

會計室公告
1月份薪水已於1月
25日匯入薪轉帳戶，
特此公告

洗手間整修公告
配合大樓老舊水管整修
作業，二樓洗手間自3
月1日起至3月15日將
暫停使用，造成不便，
敬請見諒。

生詞與短語二　Vocabulary and Phrases II

編號	生詞	拼音	詞性	英文意思
1	公告	gōnggào	N	announcement
2	薪水	xīnshuǐ	N	salary, wages
3	於	yú	Prep	in; at; on; by; to; with reference to
4	匯入	huìrù	V	to remit, to transfer (money)
5	薪轉帳戶	xīn zhuǎn zhànghù	N	payroll account

編號	生詞	拼音	詞性	英文意思
6	特此	tècǐ	Adv	hereby
7	人事異動	rénshìyìdòng	N	personnel change(s)
8	即日起	jírìqǐ		starting from this date
9	接掌	jiēzhǎng	V	to take over (the position of)
10	特約	tèyuē		to have a special business agreement (with)
11	持	chí	V	to hold
12	識別證	shìbiézhèng	N	identification card
13	消費	xiāofèi	V	to consume, to expend
14	享有	xiǎngyǒu	V	to enjoy (discounts)
15	下列	xiàliè		(as) listed below; the following
16	折扣	zhékòu	N	discount
17	診所	zhěnsuǒ	N	clinic
18	掛號費	guàhàofèi	N	registration fee
19	減免	jiǎnmiǎn	V	to reduce, to deduct
20	免	miǎn	V	to be exempt from
21	入會費	rùhuìfèi	N	membership fee
22	整修	zhěngxiū	V	to repair, to rebuild
23	配合	pèihé	V	to cooperate; to conform to
24	作業	zuòyè	N	operation, task
25	暫停	zhàntíng	V	to temporarily suspend (an action or event)
26	造成不便，敬請見諒	zàochéng bùbiàn, jìngqǐng jiànliàng		Pardon the inconvenience.
27	茶水間	cháshuǐjiān	N	tea room

編號	生詞	拼音	詞性	英文意思
28	飲水機	yǐnshuǐjī	N	water dispenser
29	更換	gēnghuàn	V	to replace
30	濾心	lǜxīn	N	filter
31	安心	ānxīn	Adv	to feel at ease
32	飲用	yǐnyòng	V	to drink
33	影印	yǐngyìn	V	to copy
34	新增	xīnzēng	V	to add
35	功能	gōngnéng	N	function
36	分頁	fēnyè	N	paging, pagination
37	裝訂	zhuāngdìng	N	bookbinding
38	雲端	yúnduān	N	cloud
39	列印	lièyìn	V	to print
40	妥善運用	tuǒshàn yùnyòng	V	to use properly
41	成本	chéngběn	N	cost
42	因此	yīncǐ	Adv	therefore
43	特殊需求	tèshū xūqiú		special needs

情境活動一　Situated Activity I

認識公司環境

❖情境描述：

　　是你到公司的第一天，你的同事帶你認識環境，同事說得很快，你要把同事說的重要的位置都記起來……。

❖課前作業：

　　1.請上網查常用辦公室空間詞彙。

　　2.開始活動前，請大家寫到黑板上，並跟同學介紹。

❖ 情境安排：

假裝教室就是一個超大的辦公室空間，兩兩一組，在外面等待的時候就要模擬公司前輩以及新進員工的對話。進來以後就開始介紹（可以走動，也可以定點說明。可以同時多組進行，模擬辦公室中很多人在做不同的事情的情境）。

❖ 教學示例：

歡迎你來到清華科技公司，業務部的辦公室在本公司三樓。右邊走廊走到底是廁所，廁所左邊是茶水間，茶水間裡有冰箱、微波爐、飲水機跟咖啡機。請跟我一起來。茶水間左邊還有一個交誼廳，累的時候可以在這裡看看報紙，裡面還有按摩椅。你的座位就在交誼廳門口。業務部的李經理今天剛好出差，你明天早上上班的時候記得先到經理辦公室跟王經理報到，他的辦公室就在電梯正對面。張秘書會協助你完成今天在業務部的報到程序。張秘書你好，這是今天新來的王小姐，接下來就交給你了。王小姐，張秘書座位後面就是李經理的辦公室，明天別忘了先找李經理，這樣你的所有報到程序才算完成。我先離開了，你們忙吧。

❖ 補充詞彙：

交誼廳	電梯	逃生梯		

❖ 進行方式：

1. 老師發一張辦公室空白圖，讓學生填上空間。
2. 兩人一組，一人是公司前輩，向另外一人介紹辦公室空間，聽的人畫出來。

延伸活動　Extended Activty

你剛到辦公室，要跟旁邊的同事打招呼。請你簡單地介紹一下自己，有禮貌地向同事詢問兩件你想知道的事情，並且表達感謝。

打卡	嚴格	午休	午睡	外出用餐
帶便當	加熱設備	員工餐廳	員工旅遊	差旅費

情境活動二　Situated Activity II

❖**情境描述：**

在臺灣，吃飯時如果使用的是中式圓桌，從座位的安排就可以看出職位高低，坐錯位置是沒有禮貌的。你知道你的座位應該在哪裡嗎？

圓桌排法（單一主人）

圓桌排法（男女主人）

❖**課前作業：**

請自行閱讀補充詞彙，確認了解各職稱以及職位高低。

❖**情境安排：**

老師今天是主人，要請大家吃飯，每個人必須按照職位高低找到自己該坐的位置。

❖**教學示例：**

處長：總經理好！您請坐這裡！

總經理：王處長，你就坐我旁邊吧！

❖ 補充詞彙：

董事長	總裁／執行長	總經理	副總經理	處長
經理	組長	秘書	實習生	工讀生

❖ 進行方式：

1. 教室裡的椅子圍成一圈。
2. 老師準備職稱卡，同學一人抽一張，貼在衣服上。
3. 同學互相查看職稱、問好，找出自己的座位。
4. 大家都坐下以後一起確認座位尊卑是否正確。
5. 假設還有十分鐘上菜，在等待上菜期間，跟大家以符合彼此身分禮儀的用語聊天。

延伸活動　Extended Activty

職位大風吹

　　每個人身上貼一張職位，座位圍成一圈（如在「情境活動二」之後進行，則可直接使用身上的職位表與座位）。拿掉一張椅子，其中一人站中間，負責發號施令：「大風吹。」坐著的人一起說：「吹什麼？」中間的人：「吹職位比『＿＿＿＿』高／低的人」。

　　符合號令的人必須起來搶別的位置，中間的人則要去搶一張椅子，沒搶到的變成「鬼」，必須在中間發號施令。老師記錄當鬼的次數，當一次記一點。如果應該搶位置的人沒站起來，或者不應該搶位置的人站起來了，都要記一點，最後結算點數最多的人輸。

　　如果班級人數較多，可以先讓一部分人進行遊戲，沒搶到椅子的人淘汰，再加入等待的人。最後還留在圈內的人即獲勝。

　　如果學生對於職位上下順序較不熟悉，老師也可將職位高低按照順序寫在黑板上提示學生。或者可將職位高低表貼在每位學生背上，用醒目的顏色圈出該學生的職位。

第五課　參加會議 🎧
Lesson 5　Attending a Meeting

對話　Dialogue

經理：余經理
職員：王建朝、呂淑美、孫運民

余經理：各位同仁，今天的會議要討論我們公司與捷智公司的合作案，我們打算代理他們的新產品。不知道各位有什麼想法？

王建朝：捷智以前的產品都沒有什麼廣告，所以一直賣得不好。

余經理：我同意，因此我們應該提出更有效的行銷方法。請大家看一下手邊的資料第 10 頁，附有捷智公司這次新產品的說明。

呂淑美：捷智在國內市場沒有忠實顧客，會不會是它的品質不夠好？

王建朝：如果擔心他們的品質，是不是可以去參觀他們的工廠？或者請他們先送樣品過來。

余經理：這是很好的建議，請你跟捷智聯絡一下時間。

孫運民：根據我的調查，他們的品質不輸國內的競爭品牌。我想最主要的原因仍然是他們的知名度不夠。

呂淑美：既然如此，我們需要花更多的錢製作廣告，代理價格也應該提高。

余經理：這是我們和捷智公司第一次合作，如果價格太高，就有可能會失去這門生意。

孫運民：我們可以強調廣告行銷所帶來的效益，讓捷智覺得我們提出的價格是合理的。

余經理：好，如果大家都同意，就請運民重新計算一下我們的代理成本，再由我交給總經理。

孫運民：好的，我會在今天完成。

生詞與短語一 🎧 Vocabulary and Phrases I

編號	生詞	拼音	詞性	英文意思
1	各位	gèwèi	N	everybody
2	同仁	tóngrén	N	fellow workers, colleagues
3	代理	dàilǐ	V	to act as an agent
4	廣告	guǎnggào	N	advertisement, commercial
5	提出	tíchū	V	to propose
6	有效	yǒuxiào	Vs	effective
7	忠實	zhōngshí	Vs	faithful, loyal
8	品質	pǐnzhí	N	quality
9	或者	huòzhě	Conj	or, either
10	樣品	yàngpǐn	N	sample
11	根據	gēnjù	V	according to, on the basis of
12	調查	diàochá	V	survey, investigation
13	主要	zhǔyào	Adv	main, major
14	仍然	réngrán	Adv	still, yet
15	既然	jìrán	Conj	since
16	如此	rúcǐ	Adv	in this way, so
17	提高	tígāo	V	to raise, to lift
18	合作	hézuò	V	to cooperate
19	失去	shīqù	V	to lose
20	門	mén	M	measure word for business or courses
21	生意	shēngyì	N	business
22	強調	qiángdiào	V	to emphasize, to stress
23	效益	xiàoyì	N	benefit
24	讓	ràng	V	to let, to make, to allow

編號	生詞	拼音	詞性	英文意思
25	合理	hélǐ	Vs	reasonable
26	計算	jìsuàn	V	to calculate, to count

句型　Sentence Patterns

一、根據　NP according to ...

「根據」常後接名詞或名詞短語，用來作為後一句訊息的依據或基礎。

根據 is often followed by a noun or noun phrase, which serves as the basis for the information in the following sentence.

➢ 根據我的調查，他們的品質不輸國內的競爭品牌。

➢ 根據大家的建議，我把這份計畫書修改好了！

➢ 根據今天的氣象預報，今天下午會下大雨。

練習：完成句子

1.根據＿＿＿＿＿＿＿＿＿＿＿＿＿＿＿＿，十八歲以下是不可以開車的。

2.根據太陽的位置，＿＿＿＿＿＿＿＿＿＿＿＿＿＿＿＿＿＿＿。

3.＿＿＿＿＿＿＿＿＿＿＿＿＿＿＿，老闆對於服裝儀容都是很要求的。

二、仍然　VP still ...

仍然 VP 表示後面的情況繼續發生，沒有任何改變或一樣的情況。常和「即使」連用，作為「即使……仍然……」。

仍然 is used to indicate that the situation or the action is ongoing and will not be changed. 仍然 often appears with 即使 , such as 即使 ... 仍然。

➢ 最主要的原因仍然是他們的知名度不夠。

➢ 他已經四十多歲了，看起來仍然像個年輕人一樣充滿活力。

➢ 會議室已經開了冷氣，但老闆仍然覺得太熱了。

練習：完成句子

1.我覺得這個計畫不太好，但老闆_____堅持要做。

2.他在公司已經工作五年了，_____。

3._____，卻仍然聽不懂老闆要的是什麼。

三、既然如此　... as this is the case ...

前一句話已經說了一種情況，用「如此（這樣子）」代替，且給予推論或建議，常與「就」、「也」、「還」等連用。

既然如此 is a conjunction, in which 如此 serves to replace what has just been said and provides inference for the next step. This expression often occurs with 「就」，「也」，「還」。

➢（知名度不夠）既然如此，我們需要花更多的錢製作廣告。

➢（朋友不能陪同面試）既然如此，我只能一個人去面試了！

➢（老闆已經決定）既然如此，我們就不用討論了。

練習：完成句子

1.（朋友覺得自己太胖了）_____，你就應該多運動。

2.（我們在不同的國家，但是必須開會）既然如此，_____。

3.（我的中文說得不錯）_____，_____。

四、V 一下　a bit

表示做一次或試試看，對他人說話時也表示比較客氣的請求。

一下 is used to ask someone to do something once or try something, and helps to soften the tone of the sentence.

➢ 請運民重新計算一下我們的代理成本。

➢ 請問一下，最近的便利商店在哪裡？

➢ 這間房間很髒，請你打掃一下！

練習：完成句子

1.一整天看著電腦，如果覺得累了就閉上眼睛＿＿＿＿＿＿＿＿＿＿＿。

2.我不知道怎麼走，能不能請你＿＿＿＿＿＿＿＿＿＿＿＿＿＿＿＿。

3.老闆請我跟新人＿＿＿＿＿＿＿＿＿＿＿＿＿＿＿＿＿＿＿＿＿＿。

閱讀材料　Reading Materials

新客戶代理合作案會議通知

為了討論新客戶（捷智科技公司）的產品代理合作案，臨時召開業務發展會議，時間地點詳如下列，請備妥相關資料，準時出席。

一、會議時間：12 月 19 日（一）上午 9 時

二、會議地點：2 樓 E208 會議室

三、出席人員：業務發展科全體人員

四、議程：

　　（一）報告事項：當季業務報告。

　　（二）討論事項：

　　　　　　1. 代理成本分析。

　　　　　　2. 通路與行銷策略。

五、備注：若不克出席，請事先告知。

圖德科技書室

生詞與短語二 🎧 Vocabulary and Phrases II

編號	生詞	拼音	詞性	英文意思
1	召開	zhàokāi	V	to hold, to convene
2	備妥	bèituǒ	V	to get something ready, to be prepared
3	議程	yìchéng	N	agenda
4	季	jì	N	season
5	通路	tōnglù	N	path, channel

情境活動一　Situated Activity I

議案討論

❖**情境描述：**

現在你正要參與一場公司的會議，你不同意議程中的提案，並且預備在會議中提出你的想法，說服同事。

❖**課前作業：**

由教師指定或學生分組列出會議的各項議案，由學生事前調查有關該議案的優點與缺點。議案可以指定，像是提出一項新的合作企劃、推出一樣新的產品、聘用一位新進的顧問、投資一間新的工廠……。

❖**情境安排：**

1.課桌椅建議以「ㄇ」字型（或稱 U 字型）擺放，便於彼此交談討論。

2.指定一位主席及記錄人員。

3.提供議案範例（生活性主題：如公司員工旅遊、尾牙表演節目、討論如何設定員工績效目標與獎金等）

❖ **進行方式：**

　　1. 由主席宣布會議開始，說明會議議題。

　　2. 請所有與會人員輪流發言，分析該議案的優缺點。

　　3. 與會人員共同討論，記錄人員應記錄重點。

　　4. 最終由主席或教師決定是否通過該議案。

　　5. 各項議題討論時，主席、記錄人員與與會人員可彼此替換。

❖ **教學示例：**

　　主席開場時，你可以這麼說：

　　　　各位同仁，我現在宣布會議開始。

　　確認會議主題或議案時，你可以這麼說：

　　　　今天會議的第一項議程是……

今天會議的目的是……

讓我們先討論一下關於……

主席指定發言人員時，你可以這麼說：

現在，請○○○發言。

○○○，我認為你可以說明這個議案。

○○○，你覺得呢？

給意見或想發言時，你可以這麼說：

我覺得……

照我看來，……

如果你問我的話，……

我可以針對這部分發表一下意見嗎？

不好意思，主席，我可以說幾句話嗎？

禮貌程度　適合平輩間的小型會議。

建議對主管、長官說明時使用。

表示同意或部分支持某一觀點時，你可以這麼說：

我（完全）同意。

我跟你想的一樣。

我也這麼覺得。

我大致上同意，但是……

我同意你大部分的想法，但是……

整體來說，我接受你的意見，但是……

表示反對時，你可以這麼說：

老實說……

恕我冒昧……

我懂你的意思，但你不覺得……

表達反對意見時，加這些短語能讓語氣舒緩一點。

❖ 補充詞彙：

大致	觀點	關於	著手	立場
恕	冒昧	細節	動議	整體
利益	圖表	共識	程序問題	散會

延伸活動　Extended Activity

❖ 情境描述：

在某一議案討論過程當中，沒辦法達成共識，因此必須要求與會人員附議或投票決議。

❖ 補充詞彙：

附議	贊成	反對	表決	否決
同票數	棄權	匿名	關鍵票	比

情境活動二　Situated Activity II

視訊會議

❖ 情境描述：

你即將準備與其他國家的公司同仁進行視訊會議，在此之前，你需要確認跨國的會議時間、準備視訊器材，之後於會議中提案決議。

❖ 課前作業：

準備視訊器材：行動裝置或電腦、麥克風與耳機設備、安裝視訊軟體平臺。

提案：各組應分別擬定一項提案（可討論生活性的提案，操作時可提供不同主題由負責人提供），詢問對方的建議，可以是：價錢折扣、到貨時間提前等。

❖ 情境安排：

1.安排兩間教室（或隔間）作為跨國示意，並確認時區。

2.確認相關設備以進行視訊連線。

❖**進行方式：**

1. 主席（負責人）主持會議。
2. 兩組學生先以即時文字訊息連繫，確認會議時間。
3. 正式連線時應開啟視訊鏡頭與音訊裝置，兩組可利用例句詢問，確認連線與聲音狀態。
4. 各組分別依照擬定之提案詢問對方（資料傳輸），以達成共識。

❖**教學示例：**

嗨，○○○。你聽得見我的聲音嗎？／聽得清楚嗎？

請調整你的（音訊）輸出設定。

你的麥克風收到喇叭的聲音了，有回音，請換成耳機好嗎？

抱歉，我遲到了。我剛剛連不上線。

○○○似乎斷線了。

我現在的訊號相當不穩，請你們先開始。

我這裡的圖表（簡報）無法同步。

我想詢問一下……

我們可不可以……

……，請問你們同意這樣的安排嗎？

❖補充詞彙：

收訊	連線	網路	鏡頭	行動裝置
時差	斷線	麥克風	回音	同步

延伸活動　Extended Activity

❖情境描述：

選擇視訊會議平臺（軟體）時，與同事間確認其價格、適用環境與相容介面等問題。

❖補充詞彙：

採購	正版	處理器	顯示器	授權
功能	白板	錄影	系統	

第六課　商務表單 🎧
Lesson 6　Business Sheets

對話　**Dialogue**

Lesson 6

情境：新進員工向會計部門詢問各類收據及報帳相關事宜。

王小姐：會計

（會計室）

小張：王小姐，不好意思，我想向您請教幾個跟報帳有關的問題。

王小姐：這裡有一份資料，裡頭說明了不同的項目及程序，還有報帳時所需提供的單據，你先看看，不懂的地方隨時可以問我。

小張：請問單據是指發票嗎？

王小姐：無論是發票或收據都可以，但是一定要請廠商打上我們公司的統一編號。然後將品名、數量、單價、總計及日期標示清楚，再請廠商蓋上統一發票專用章，最後連同請款單一起送來會計室審核，報帳程序大致上就完成了。

小張：嗯，聽起來應該不難！那差旅費呢？有沒有什麼特別的規定或是限制？

王小姐：各種交通工具的購票證明，像是票根、電子機票、登機證、旅行社開的收據什麼的，都要留下來。

小張：謝謝您提供這麼多寶貴的訊息，我回去一定會好好研究一下這份資料。不好意思，剛進公司，以後還有很多事得請教您，麻煩您多多照顧了！

王小姐：不客氣，應該的。有什麼問題也可以直接打我的分機，這樣就不用再親自跑一趟了。

小張：好的好的，今天真的非常感謝您的幫忙！

生詞與短語一 🎧　**Vocabulary and Phrases I**

編號	生詞	拼音	詞性	英文意思
1	會計	kuàijì	N	accounting
2	項目	xiàngmù	N	project, item
3	單據	dānjù	N	invoice/transaction record
4	發票	fāpiào	N	invoice
5	收據	shōujù	N	receipt
6	廠商	chǎngshāng	N	vendor, company, firm
7	統一編號	tǒngyī biānhào	N	company's federal tax ID number or EIN number
8	將	jiāng	Adv	intentional acts on the part of the subject
9	連同	liántóng	Prep	together with, along of
10	審核	shěnhé	V	to review, to verify
11	大致上	dàzhìshàng	Adv	roughly
12	差旅費	chāilǚfèi	N	travel expenses
13	限制	xiànzhì	N	restriction
14	票根	piàogēn	N	ticket stub
15	登機證	dēngjīzhèng	N	boarding pass
16	提供	tígōng	V	to provide, to offer
17	寶貴	bǎoguì	Vs	valuable
18	請教	qǐngjiào	V	to consult, to ask for advice
19	親自	qīnzì	Adv	personally

句型　Sentence Patterns

一、跟……有關的 N　related to something

「有關」表示有關係或有關聯。「跟……有關」加上「的」可用來限定其後的名詞，形成一個名詞短語。

「有關」is used to indicate a relation or connection.「跟……有關的」is used to modify the noun following「的」to form a noun phrase.

➢ 我想向您請教幾個跟報帳有關的問題。

➢ 您想找跟哪方面有關的工作呢？

➢ 人力資源部主要負責跟人事、薪水和福利等有關的事情。

練習：完成句子

1. 我想從事＿＿＿＿＿＿＿＿＿＿＿＿＿＿＿＿＿＿＿的工作。

2. 下週的新進員工職前訓練＿＿＿＿＿＿＿＿＿＿＿＿＿＿＿。

3. 這張通知單是＿＿＿＿＿＿＿＿＿＿＿＿＿＿＿＿＿＿。

二、N 所 V 的（O）

「N 所 V 的（O）」用來修飾或限定後面的 O，使談話中提到的主題（O）更清楚。「所」只是加強語氣，不用語意不會改變。

N 所 V 的（O）is used to modify or identify the O after 的 in order to make the topic（O）more clear. 所 is used as a marker of emphasis and formality. If 所 is omitted, the meaning of the whole sentence will not be changed.

➢ 報帳時所需提供的單據。

➢ 這是申請工作時所需的資料。

➢ 捷智公司是我們這次所要合作的對象。

練習：完成句子

1. 面試時所要注意的事有＿＿＿＿＿＿＿＿＿＿＿＿＿＿＿＿。

2.這次會議所要討論的主題是＿＿＿＿＿＿＿＿＿＿＿＿＿＿＿＿。

3.明年我們公司所要代理的新產品＿＿＿＿＿＿＿＿＿＿＿＿＿。

三、無論……都……　　no matter ... ; regardless of ...

「無論」的後面可加疑問詞（QW）、A/not A 或兩個相對的詞，表示不同的情況。雖然有不同的情況，「都」後面的事實都不受影響。

無論…都 is used to indicate no matter what situation occurs, the statement after 都 will not be affected. 無論 can be followed by a question word, an A-not-A construction, or two similar or opposite nouns.

➢ 無論是發票或收據都可以。

➢ 無論成本高低，產品的品質都是最重要的。

➢ 這次跟智慧科技公司談合作，無論要不要簽約，都得好好地謝謝他們幫了我們這麼多忙。

練習：完成句子

1.無論薪水多少，如果工作環境不好，＿＿＿＿＿＿＿＿＿＿＿＿。

2.無論錄不錄取，我們＿＿＿＿＿＿＿＿＿＿＿＿＿＿＿＿＿。

3.無論產品的價格怎麼樣，只要＿＿＿＿＿＿＿＿＿＿＿＿＿。

四、像……什麼的　　such as ....

「像」是例如的意思，舉例說明時，因要舉出的東西太多，沒辦法一一列出，只要說出幾個，放在「像」的後面即可。「什麼的」也可以「等」替代，較爲正式。

When giving examples, several items are listed after 像 and 什麼的 is placed after the last example. 什麼的 can be replaced by 等 , which is more formal.

➢ 像是票根、電子機票、登機證、旅行社開的收據什麼的，都要留下來。

➤ 產品的通路很多，像是網路商店、大賣場、便利商店什麼的，都可以試一試。

➤ 這次跟捷智公司開會，要討論的議題很多，像是廣告的合作廠商、代理成本分析、行銷策略等，都需要再作確認。

練習：完成句子

1. 到新公司報到的時候，記得準備像＿＿＿＿＿＿＿＿＿＿什麼的資料。

2. 履歷表上需填寫像＿＿＿＿＿＿＿＿＿＿＿＿什麼的個人資料。

3. 面試的時候，像是＿＿＿＿＿＿＿＿＿＿＿什麼的，都要問清楚。

五、V 一 MW

表示動作或變化次數的單位量詞叫動量詞。常見的動量詞有次、下、趟、遍、場、頓、回、陣等。

The measure words（MW）used to indicate the frequency of an action are called verbal classifiers. The most common verbal classifiers are as follow: 次 , 下 , 趟 , 遍 , 場 , 頓 , 回 , 陣 .

➤ 這樣就不用再親自跑一趟了。

➤ 這個問題我們已經討論過三次了。

➤ 麻煩你把今天發生的事，再跟王經理說明一遍。

練習：完成句子

1. 您第一天上班，為您＿＿＿＿＿＿＿＿＿＿＿＿環境。

2. 經理要我們把這一季的產品再＿＿＿＿＿＿＿＿＿＿＿。

3. 老闆要我＿＿＿＿＿＿＿＿＿＿＿下個月到日本出差的行程。

閱讀材料　**Reading Materials**

<u>神速 36 天清華 MZI2.3 兆</u>
<u>清華前 2 月營收創歷年同期新高、年增近 7%</u>

　　清華集團子公司梅竹工業互聯網（MZI）上市案昨獲批准，從申請到批准只花 36 天，創 IPO（首次公開發行）史上最快的紀錄。市場估計，MZI 上市後，市值可能超過 5000 億元人民幣（約 2.34 兆元臺幣），將超越母公司清華 1.55 兆元臺幣，成為科技業市值冠軍。

　　MZI 預計藉 IPO 籌資 272 億元人民幣（1275.41 億元臺幣），若順利達成，將創民間企業募資、科技股募資、臺資企業募資金額最高紀錄 3 冠王。外界預估最快本月底在上海證交所掛牌。

　　清華截至 2 月合併營收 6,784.22 億元，創下歷史同期新高，年成長 6.85%。清華表示，從三大產品線來看，2 月營收相較 1 月和去年同期，表現較佳的均是電腦產品，其次為通訊，再其次為消費性電子產品。法人則預估，清華第一季營收可望挑戰歷年同期高點。

生詞與短語二 🎧　**Vocabulary and Phrases II**

編號	生詞	拼音	詞性	英文意思
1	子公司	zǐgōngsī	N	subsidiary company
2	母公司	mǔgōngsī	N	parent company
3	市值	shìzhí	N	market value
4	預計	yùjì	V	to estimate, to predict
5	籌資	chóuzī	V	to finance, to raise money
6	募資	mùzī	V	to fundraise
7	掛牌	guàpái	V	to list on the stock exchange
8	均	jūn	Adv	both, all

編號	生詞	拼音	詞性	英文意思
9	其次	qícì	Adv	secondly
10	法人	fǎrén	N	legal entity
11	挑戰	tiǎozhàn	V	to challenge

問題與討論：

1. 清華集團子公司梅竹工業創了哪些紀錄？

2. 清華的營收主要是來自哪些生產線？

3. 你對臺資企業在中國上市有什麼看法？

情境活動一　Situated Activity I

❖ 情境描述：

　　請就所提供之營收報表，以會議的方式進行討論，其中一人可扮演經理的角色主持會議。

❖ 課前作業：

　　請先預習營收報表上的相關詞彙。

❖ 情境安排：

　　教室桌椅以會議型式安排。

❖ **教學示例：**

下屬：我覺得我們可以針對……進行
　　　改善……
　　　　明年可以著重在……
　　　　我們可以重新評估……

總經理：今天我們要就這一年的營收報表進
　　　　行檢討……
　　　　你們覺得哪一段時間的營收最需要
　　　改善？
　　　　有誰可以提出增加營收的方法？

❖ **進行方式：**

1.老師可以先就此份營收報表提出一些問題進行討論，並確認學生對相關
　詞彙的理解（老師可將報表投影在電腦上）。
　參考問題：
　⑴請問弘毅科技 2017 下半年及 2018 上半年，哪一個月的營收總額最高？

⑵ 2018 年 5 月到 6 月的月增率是多少？

⑶ 哪幾個月比去年同期營收高？

⑷（表一）中，8 月到 9 月的同期月增率，哪一年最高？

⑸（圖二）中，哪幾個月分營收呈現負成長？

⑹ 如果你是總經理，你覺得哪一段時間的營收最需要改善？

⑺ 提升營收的方法有哪些？

2. 學生以會議的方式，輪流扮演總經理的角色主持會議，針對本年月營收進行檢討，並提出改善的方法。

例：行銷方法、提升產品品質、降低成本……

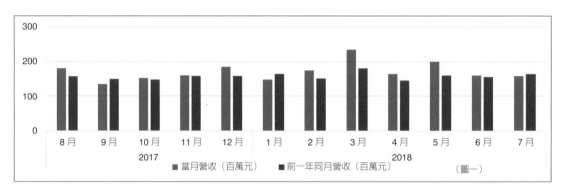

（圖一）

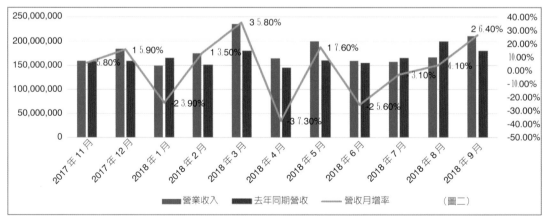

（圖二）

（表一）弘毅科技 2015-2018 年同期增長率

年度	8 月到 9 月的月增率	9 月同期營收增長率
2015	53.23%	56.27%
2016	48.01%	-1.93%
2017	10.63%	4.55%
2018	26.4%	-31.52%

延伸活動　Extended Activity

教師可自行或請學生上網搜尋自己有興趣的公司的股價分析圖，再印出帶至課室裡或投影在電腦上進行相關討論（可直接搜尋公司名稱＋股票）。

❖ 補充詞彙：

最高點	最低點	走勢	上漲	下跌	股價

❖ 參考句型：

1. 今天 XXX 開盤的價格是……，52 週高點在……低點在……
2. 從分析圖上可以看到，……年／月到……年／月的走勢。
3. XXX 的市值還有股利收益率是……

情境活動二　Situated Activity II

存、提款單／匯款單

❖ 情境描述：

你到銀行匯款／存款／提款，要先填寫匯款單／存款單／提款單。兩人一組，一人扮演客戶，一人扮演銀行行員，客戶告知行員相關資料，由行員代為填寫表格。

❖ **課前作業：**

　　請先預習「匯款單／存款單／提款單」上的相關詞彙。

　　（教師可至銀行索取相關表單數份，也可使用下列提供之表單）

❖ **情境安排：**

　　教室桌椅以銀行櫃臺形式安排。

❖ **教學示例：**

客戶：請問要怎麼匯款／存款／提款？
　　　能否請您幫我填一下表格？

行員：請問有什麼需要我幫忙的地方嗎？
　　　麻煩您填寫一下這份表格……
　　　不好意思，我需要您的……

❖ 進行方式：

　　1. 教師可先行解釋表單內的詞彙，再就三份表單提出一些問題進行討論，並確認學生對相關詞彙的理解。

　　2. 將學生兩人分成一組，每組發下兩張不同的表格，進行情境對話練習及表格填寫，完成後兩人可互換角色再進行練習。

參考資料：

1. 中文大寫金額數字應用正楷或行書填寫，<u>不可以</u>用一、二（兩）、三、四、五、六、七、八、九、十、毛，或 0 填寫。

　　正體：「壹、貳、參、肆、伍、陸、柒、捌、玖、拾、佰、仟、萬、億、圓、角、分、零、整」

　　簡體：「壹、貳、參、肆、伍、陆、柒、捌、玖、拾、佰、仟、万、亿、元、角、分、零、正」

2. 中文大寫金額數字到「元」（或「圓」）為止的，在「元」（或「圓」）之後、應寫「整」（或「正」）字；在「角」或「分」之後不寫「整」（或「正」）字

　　例：參佰壹拾伍元整、玖拾捌元貳角柒分

3. 中文大寫金額數字前應標明「人民幣／港幣／臺幣」字樣，大寫金額數字應緊接「人民幣／港幣／臺幣」字樣填寫，不可以留有空位。

　　例：臺幣陸佰萬元整

匯款單

98-05-51-16

※ 本匯款務必於 15：30 前交付儲匯櫃台辦妥，逾時者
　 為延時匯款，次一銀行營業日始入帳。
※ 匯款金額達 3 萬元以上者，匯款人（或匯款代理人）
　 請出示身分證明文件以供確認身分。

跨 行 匯 款 申 請 書

中華民國 　 年 　 月 　 日

第一聯：各局存查

匯款人自行填寫	解款行（受款行）		銀行	分行	代號							匯款額	
	收款人	帳號	請由左方依序填寫帳號，多餘空格留右方									匯費	
		戶名										合計	
	匯款金額		新臺幣（大寫） 　 仟 　 佰 　 拾 　 萬 　 仟 　 佰 　 拾 　 元整									儲匯壽險專用章	
	匯款人	姓名					備註						
		身分證統一編號				電話	（請填寫，行動電話亦可）						
		地址											
	匯款代理人	姓名		身分證統一編號					電話				

※ 匯款人請勾選
如電腦故障或連
線中斷或不可抗
力因素致匯款滯
留，匯款人同意
責局：

☐ 停止匯款，電
話通知本人來
局辦理。
☐ 待滯留原因消
除後之當日或
次日匯款。

5819 5877 印錄	機　號	櫃員代號	匯款序號	匯款日期及時間	收款人帳號
	匯款金額	解款行	交易序號	匯	費

中文登錄	匯款序號	解　款　行	匯款局電話號碼
	收款人戶名		
	匯款人戶名		

授權主管編號

5803 主管機關	機　號	主管代號	匯款序號	發送日期及時間	
	收款人帳號		解款行	匯款金額	

授權主管章

備註印錄	
沖銷印證 5849	

放行主管章

320,000 本（2×50 份）106.07.210×182mm（45g/m² 非碳紙）保管 5 年（東享）　　　　第 1 頁／共 2 聯 2 項

存款單

年　　月　　日

銀行　存款憑條

驗證欄

新臺幣 (小寫)	億	仟萬	佰萬	拾萬	萬	仟	佰	拾	元

存款戶名 /
票據申請人：

現金明細 (存戶免填)	
$2,000	
$1,000	
$500	
$200	
$100	
$50	
$20	
$10	
$5	
$1	
合計	

核章

第一聯：代傳票

(擇一填寫)

存款　帳號

繳卡款
　帳號：
　戶名：銀行股份有限公司信用卡暨支付金融事業處
　信用卡　　　　　　　　　信用卡
　正卡戶姓名　　　　　　　統一編號

聯絡電話：

開立票據　□本支　□禁止背書轉讓　抬頭：
　　　　　□台支　票號：

NBS019 105.11

存款人：＿＿＿＿＿＿＿

存款人茲同意　貴行於辦理此項作業時，得蒐集、處理或利用存款人於憑條之資料，並確認貴行已依個人資料保護法規定告知如背頁之事項。

提款單

98-04-40-06A

存簿儲金提款單

年　　月　　日

郵局代號	局　　　號	檢號	帳　　　號	檢號

請蓋原留印鑑
(應使用油性印
泥，不得使用水性
印泥或打印台)

新臺幣 (大寫)	億	仟	佰	拾	萬	仟	佰	拾	元

請用零、壹、貳、參、肆、伍、陸、柒、捌、玖大寫數目字填寫，
並於空格劃橫線　例：

新台幣						壹		

NT$
(小寫)＿＿＿＿＿＿＿＿＿

儲匯壽險專用章

主　管

交易代號：1506 現金提款　　　1304 終止帳目　　　1525 存簿窗口轉帳提款

驗證欄

敬請
注意
1. 本提款單不能視作票據使用。
2. 儲戶印鑑務請親自加蓋，切勿交付他人或郵局人員代蓋，以昭慎重。

付款號碼：#＿＿＿＿＿＿

100,000 束（500 張）105.7(1)190X105mm(80g/m² 模)（東享）本類檔案保管 5 年

延伸活動　**Extended Activity**

將學生兩人分成一組，一人扮演客戶、一人扮演廠商，完成領據的填寫活動。

❖ **補充詞彙：**

報價單	總收款	尾款	抬頭

領　　據

年　　月　　日

茲　　收　　到　　　　　　　　　發給　　　　　　　　費

新臺幣　　萬　　仟　　佰　　拾　　元　　正
此據。

領款人職稱：　　　　　　姓名：　　　　　（簽章）

住　　址	縣　　　路　　　段　　巷　　弄　　號 市　　　街
身份證字號 （或護照號碼）	

款項內容及計算說明：

第七課　商務出差
Lesson 7　Taking a Business Trip

對話　**Dialogue**

王經理：下星期我們團隊要到深圳去視察新工廠的工程進度，並順道去香港拜訪出資的股東，以及跟全達科技公司洽談合作事宜。請幫我們安排一下，看看能不能協調出大家都有空的三、四天時間來。

秘書：下星期三公司有年度生產會議，大家都得參加。下個星期四出發可以嗎？星期天回來。

王經理：好的。麻煩妳聯絡相關事宜，把行程安排好。然後幫我們訂飯店、機票。

秘書：要不要安排李廠長來接機？

王經理：也好。我們可以在去工廠之前先跟他聊聊。除此之外，也請妳準備好要拜訪的公司資料和我的名片。

秘書：沒問題。經理，上次訂的那家飯店，您覺得還可以嗎？

王經理：上次那家飯店，好是好，就是離我們工廠太遠了！如果可能的話，這次訂一家交通方便一點的吧！

秘書：好的。那飛機還是一樣訂商務艙，對嗎？

王經理：對。另外，麻煩幫我選靠走道的位子。對了，還要請妳幫我們準備一些伴手禮，要重量輕、方便攜帶的。這些瑣碎的事辛苦妳了。

秘書：哪裡，這是我應該做的。等我安排好行程，再請您過目。

生詞與短語一 🎧 Vocabulary and Phrases I

編號	生詞	拼音	詞性	英文意思
1	團隊	tuánduì	N	team
2	視察	shìchá	V	to inspect
3	工程	gōngchéng	N	construction
4	進度	jìndù	N	progress, schedule

編號	生詞	拼音	詞性	英文意思
5	並	bìng	Conj	and
6	順道	shùndào	Adv	stop by
7	拜訪	bàifǎng	V	to visit
8	出資	chūzī	V	fund
9	股東	gǔdōng	N	shareholder
10	以及	yǐjí	Conj	and, as well as
11	洽談	qiàtán	V	to talk over, to negotiate
12	事宜	shìyí	N	matter
13	安排	ānpái	V	to arrange
14	協調	xiétiáo	V	to coordinate
15	年度	niándù	N	year, annual
16	會議	huìyì	N	conference, meeting
17	出發	chūfā	V	to depart, to leave
18	行程	xíngchéng	N	itinerary
19	接機	jiējī	V	airport pickup
20	除此之外	chú cǐ zhī wài	Conj	in addition, besides
21	名片	míngpiàn	N	business card
22	商務艙	shāngwù cāng	N	business class
23	另外	lìngwài	Conj	in addition
24	伴手禮	bàn shǒu lǐ	N	souvenir
25	重量	zhòngliàng	N	weight
26	攜帶	xīdài	V	to carry
27	瑣碎	suǒsuì	Vs	trivial
28	過目	guòmù	V	to look over (papers, lists, etc.) so as to check or approve

句型　Sentence Patterns

一、以及　as well as

以及是一個連接詞，可用來連接名詞、短語或句子。所連接的成分，前面的是主要的。多用於書面語。

以及 is a conjunction, which connects nouns, phrases or sentences. The part preceding 以及 is more important. It is used in formal contexts.

➢ 下星期我們團隊要到深圳去視察新工廠的工程進度，並順道去香港拜訪出資的股東，以及跟全達科技公司洽談合作事宜。

➢ 客服部以及公關部都在二樓。

➢ 這款新型的手機有專屬的主題以及鈴聲。

練習：完成句子

1.這個遊戲在設計、藝術以及＿＿＿＿＿＿＿＿＿＿＿，都有很好的表現。

2.在應徵工作時，面試官常常問的問題包括工作經驗、語言能力以及＿＿＿＿＿＿＿＿＿＿＿＿＿＿＿＿＿＿＿＿＿。

3.在找工作時，大家最關心的問題大部分是薪水高不高、工作時間長不長，以及＿＿＿＿＿＿＿＿＿＿＿＿＿＿＿＿＿＿。

二、除此之外　in addition

除此之外，也可以說「此外」，用來表示除了前面所說的事物或情況之外的。可以連接句子或段落。

The abbreviated form of the conjunction 除此之外 is 此外 . Either form is used to introduce additional information to an already complete idea, thereby drawing attention to said information.

➢ 我們可以在去工廠之前先跟他聊聊。除此之外，也請你準備好要拜訪的公司資料和我的名片。

第七課　商務出差 Taking a Business Trip

> 今天的會議我們準備要討論一個合作案。除此之外，也要討論新產品的行銷問題。
> 公司的新進人員應該要趕快認識新環境及新同事。除此之外，還要對負責的工作有全面的了解。

練習：完成句子

1. 按照政府的規定，老闆應該每個月定期發薪水給員工。除此之外，

　　　　　　　　　　　　　　　　　　　　　　　　　　　　　。

2. 多學一個語言可以多認識一個文化。除此之外，

　　　　　　　　　　　　　　　　　　　　　　　　　　　　　。

3. 網路購物不但方便，而且選擇多。除此之外，

　　　　　　　　　　　　　　　　　　　　　　　　　　　　　。

三、Vs 是（不）Vs，可是／但是／就是……

這個句子的前半先用「是」重複對方的問題，後面才是真正的想法。說話者可以利用說「是」的時候考慮如何回答，後面再用「可是」、「但是」、「就是」提出不同的看法。這個結構可以讓語氣婉轉一點。

The first part of this construction repeats the state verb just used in your conversation partner's question, and serves to buy time before answering the question. The second part begins with 可是／但是／就是, after which you give your true opinion. Overall, this construction softens the tone of your opinion.

> A：上次訂的那家飯店，您覺得還可以嗎？
> B：上次那家飯店，好是好，就是離我們工廠太遠了！
> A：這個工作薪水很高啊！你不考慮嗎？
> B：高是高，但是離家太遠了！
> A：這個平板電腦貴不貴？
> B：貴是不貴，可是我不需要，所以我不想買。

練習：完成句子

1. A：這次的員工旅行好玩嗎？

 B：好玩是好玩，可是＿＿＿＿＿＿＿＿＿＿＿＿＿＿＿＿。

2. A：你們工作出差報帳容易嗎？

 B：容易是容易，就是＿＿＿＿＿＿＿＿＿＿＿＿＿＿＿。

3. A：你們公司的開會多不多？

 B：多是不多，可是＿＿＿＿＿＿＿＿＿＿＿＿＿＿＿＿。

四、如果可能的話　If possible, ...

「如果……的話」是假設語氣。用「如果可能的話」提出請求，可以使語氣比較委婉，比較客氣。

「如果…的話」is a subjunctive (hypothetical) form. Use「如果可能的話」to make a request, and do so in a way that softens your tone and sounds more polite.

➤ 如果可能的話，這次訂一家交通方便一點的吧！

➤ 如果可能的話，請您下個星期回覆合作案的答案。

➤ 如果可能的話，我希望下個星期就開始上班。

練習：用「如果可能的話」說說看

1. 你覺得你的工作太多，希望經理派一個人支援你。

 →＿＿＿＿＿＿＿＿＿＿＿＿＿＿＿＿＿＿＿＿＿＿＿＿

2. 你下個星期要去美國出差，請秘書幫你訂靠走道的機位。

 →＿＿＿＿＿＿＿＿＿＿＿＿＿＿＿＿＿＿＿＿＿＿＿＿

3. 總經理最近很忙，可是你希望他能出席年度生產會議。

 →＿＿＿＿＿＿＿＿＿＿＿＿＿＿＿＿＿＿＿＿＿＿＿＿

閱讀材料　Reading Materials

出差行程表

王經理團隊深圳視察工程、香港拜訪股東行程
05/14（四）—05/17（日）
新竹→桃園機場→深圳→香港→桃園機場→新竹

交通

日期	出發	到達	航班	航廈	艙等
5月14日（四）	08:30 桃園國際機場	10:35 深圳寶安國際機場	CI8527	第一航廈	商務艙
5月17日（日）	15:25 香港國際機場	17:15 桃園國際機場	BR870	第二航廈	經濟艙

住宿

日期	旅館名稱	房型
5月14-15日	深圳國際飯店	商務套房
5月16日	香港梅竹酒店	商務套房

接機

	日期	地點	接機者
去程	5月14日	深圳寶安國際機場	李廠長（電話：+86-755-98765432）
回程	5月16日	桃園國際機場	自行開車

預定行程

日期	時間	事項	備註
05/14（四）	12:00	李廠長接風宴	風雲餐廳

日期	時間	事項	備註
	15:00	視察新工廠進度	
	18:00	跟大陸同仁晚餐	水木賓館
05/15（五）	10:00	跟廠商開會	
	12:00	宴請大陸投資股東	
	15:00	簡報公司營運狀況	李主任報告
05/16（六）	12:00	宴請香港出資股東	梅竹酒店
	16:00	參觀全達科技公司	
	18:00	全達科技董事長作東請客	
05/17（日）	11:00	拜訪客戶	

生詞與短語二 🎧 Vocabulary and Phrases II

編號	生詞	拼音	詞性	英文意思
1	到達	dàodá	V	to arrive
2	航班	hángbān	N	flight
3	航廈	hángxià	N	terminal
4	艙等	cāngděng	N	class
5	經濟艙	jīngjì cāng	N	economy class
6	住宿	zhùsù	N	accommodation
7	商務套房	shāngwù tàofáng	N	business suite
8	去程	qùchéng	N	outbound
9	回程	huíchéng	N	inbound
10	備注	bèizhù	N	remark, note
11	預定	yùdìng	V	to predetermine
12	接風宴	jiēfēng yàn	N	welcome banquet
13	宴請	yànqǐng	V	to fete

編號	生詞	拼音	詞性	英文意思
14	簡報	jiǎnbào	N	presentation
15	營運	yíngyùn	N	operation
16	狀況	zhuàngkuàng	N	situation, condition, state, status
17	主任	zhǔrèn	N	director
18	報告	bàogào	V	to report
19	作東	zuòdōng	V	one's treat

情境活動一　Situated Activity I

❖ 情境描述：

辦理住宿登記時，發現訂房有問題。

❖ 課前作業：

學生上網搜尋飯店不同房型在床型、設施、服務項目的差異。

房型	床型（大小、數量）	設施	樓層（高、低）	禁菸或吸菸	其他
標準房 Standard Room					
商務套房／行政房 Executive Room					
高級客房／Superior Premium Room					

❖**情境安排：**

　　1.學生分成兩組，一組是飯店接待櫃臺服務員，一組是出差入住旅館的客人。

　　2.入住旅館的客人抽籤決定辦理入住登記時提出的問題。問題建議如下：

　　　⑴ 本來訂禁菸房，可是飯店說是吸菸房。

　　　⑵ 本來訂商務套房，可是飯店說是一般的單人房。

　　　⑶ 本來訂兩張單人床的雙人房，可是飯店說是一張大床。

　　　⑷ 本來訂高樓層的房間，可是飯店說沒有指定。

　　　⑸ 飯店說沒有訂房紀錄。

❖**教學示例：**

您好，歡迎光臨。

請問有訂房嗎？

你好，我要登記住宿。

我可以看看您的護照嗎？
您好，王先生，您訂的是……

有。我有訂房。

啊，不好意思。是我們的錯。
我們會免費讓您升等到……。
麻煩您填寫這張入住登記表。

你是不是弄錯了？
我訂的是……才對。

好的。請問早
餐在哪裡用？

早餐在大廳一樓的餐廳。
這是您的房卡。服務員會帶
您上樓。祝您住宿愉快！

❖**補充詞彙：**

登記住宿	弄錯	升等	入住登記表	房卡

延伸活動一　Extended Activity

❖**情境安排：**

　　入住後，發現房間有問題。

學生討論房間有以下問題時如何反應及處理。

1. 房間的冷氣有問題。
2. 隔壁的房客太吵。
3. 想請房務人員多提供一條被子。
4. 房間裡網路不通。
5. 房間裡有蟑螂、蚊子。
6. 浴室沒有熱水。
7. 房間有菸味。
8. 洗水臺的水管阻塞。

情境活動二　Situated Activity II

❖ 情境描述：

　　到國外出差，當地的同仁前來接機。

❖ 課前作業：

　　學生分組製作接機牌。

　　這些接機牌上面有哪些資訊？

　　（公司名稱、要接的人、航班資訊、歡迎字樣）

第一期半導體晶圓製程高級技術培訓班

熱烈歡迎

半導體晶圓製程學員
抵達新竹！

Welcome to Taiwan

Mr. Paul Murray
Mrs. Pearl Murray

Flight Number: cy303
New york-Taipei
ETA: 11:00

❖ **情境安排：**

　學生分組，每組一人擔任接機工作，手拿登機牌。其他人扮演下飛機的出差同仁。

❖ **教學示例：**

　1.學生分爲兩組。情境爲在機場入境大廳。

　2.一組扮演接機組，手持機接牌。一組扮演出差同仁。接機組接到同仁後，雙方說以下的對話。

　3.兩組交換後，再練習一次。

久仰大名，王經理。很高興你們能來。

這趟飛行還順利嗎？

你們肚子餓嗎？要不要先去吃點東西。

我們有車子在外面等，請跟我來。

李廠長。真高興終於見面了。

讓我跟你介紹我們團隊的人……

久仰久仰。幸會幸會！

❖ **補充詞彙：**

久仰大名	趟	飛行	終於	久仰	幸會

延伸活動二　Extended Activity II

❖ **情境安排：**

　在機場出關後，沒看到接機的同事，打電話詢問。

❖ **補充詞彙：**

稍等一下	塞車	盡快	為遲到一事向您致歉

第八課　參加商展 🎧
Lesson 8　Attending an Exhibition

對話　**Dialogue**

安迪：行銷部職員

經理：參加商展的事準備得怎麼樣了？

安迪：目前都準備得差不多了，業務部的安娜幫了很多忙，現場負責的人員也都找好了。經理還有什麼要交代的嗎？

經理：這次電腦展的主題是人工智慧、物聯網等，都是你擅長的領域，你應該利用這個機會，多跟同業交流交流，也順便看看有什麼合作的機會。

安迪：好的。平常老坐在辦公室裡，這次可以趁機去開開眼界。

經理：這個展覽也會有很多潛在買家，這可是拓展我們公司生意的好機會！記得要留下客戶的資料。

安迪：好的。正好我們新的人臉辨識系統會在攤位上展示，我們還結合了一些小遊戲及抽獎活動，相信可以吸引人潮。

經理：很好。活動期間的研討會或論壇，你也應該去聽聽看。多吸收新知，總是好的。

安迪：展覽前三天只開放給專業人士進入會場，我會盡量待在攤位；後兩天對大眾開放，我打算去參加三個論壇。

經理：一切就交給你了。

安迪：沒問題，包在我身上。

生詞與短語一 🎧 Vocabulary and Phrases I

編號	生詞	拼音	詞性	英文意思
1	商展	shāngzhǎn	N	exhibition, fair, exposition
2	現場	xiànchǎng	N	site
3	負責	fùzé	V	to be responsible for, to be in charge of

編號	生詞	拼音	詞性	英文意思
4	人員	rényuán	N	personnel
5	交代	jiāodài	V	to assign
6	主題	zhǔtí	N	theme, topic
7	擅長	shàncháng	V	to be good at
8	領域	lǐngyù	N	field
9	利用	lìyòng	V	to take advantage of
10	同業	tóngyè	N	the same trade or business
11	交流	jiāoliú	V	to communicate, to interact
12	順便	shùnbiàn	Adv	without making any extra effort, while one is at it
13	趁機	chènjī	V	to take the opportunity to do something
14	開眼界	kāi yǎnjiè	V	to broaden one's horizon, to widen one's view
15	潛在	qiánzài	Adj	potential, prospective
16	買家	mǎijiā	N	buyer
17	拓展	tuòzhǎn	V	to expand
18	正好	zhènghǎo	Adv	just happen to be
19	攤位	tānwèi	N	booth
20	展示	zhǎnshì	V	to demonstrate, to exhibit, to display
21	結合	jiéhé	V	to combine
22	抽獎	chōujiǎng	V	to draw a lottery or raffle
23	吸引	xīyǐn	V	to attract
24	人潮	réncháo	N	crowd
25	研討會	yántǎo huì	N	seminar, conference

Lesson 8

編號	生詞	拼音	詞性	英文意思
26	論壇	lùntán	N	forum
27	吸收	xīshōu	V	to absorb
28	新知	xīnzhī	N	new knowledge
29	專業人士	zhuānyè rénshì	N	professional
30	進入	jìnrù	V	to enter
31	會場	huìchǎng	N	meeting place, conference hall, place where people gather
32	待	dāi	V	to stay
33	大眾	dàzhòng	N	public
34	開放	kāifàng	V	to open

專有名詞　Specialized Terms

編號	生詞	拼音	英文意思
1	人工智慧（人工智能）	réngōng zhìhuì	Artificial Intelligence (AI)
2	物聯網	wùliánwǎng	Internet of Things (IoT)
3	人臉辨識系統	rénliǎn biànshì xìtǒng	Facial recognition system

句型　Sentence Patterns

一、順便　might as well

「順便」前面是本來要做的事，利用做本來要做的事情的機會，也方便地完成「順便」後面的事。

For the pattern "A 順便 B", B is something that might as well be done given that A is already going to happen anyway.

➤ 你應該利用這個機會多跟同業交流交流，也順便看看有什麼合作的機會。

➤ 我帶你認識一下公司的環境，順便給你介紹新同事。

➤ 這次開會要討論合作案，順便要討論一下代理的成本。

練習：完成句子

1.你去買便當的時候，可以順便＿＿＿＿＿＿＿＿＿＿＿＿＿＿嗎？

2.他來臺灣出差，順便＿＿＿＿＿＿＿＿＿＿＿＿＿＿＿。

3.你去參加商展的時候，順便＿＿＿＿＿＿＿＿＿＿＿＿。

二、老 V

這個「老」是副詞，也可以說「老是」，意思是「一直、再三」的意思。

「老」or「老是」can function as an adverb and is used to emphasize that the subsequent verb always or repeatedly happens.

➤ 平常老坐在辦公室裡，這次可以趁機去開開眼界。

➤ 老是給您添麻煩，真過意不去。

➤ 再好吃的東西，老吃也就覺得沒味道了。

練習：完成句子

1.他工作忙碌，三餐老是＿＿＿＿＿＿＿＿＿＿＿＿。

2.如果行銷策略老是用降價的方法，＿＿＿＿＿＿＿＿＿。

3.沒有做好時間管理的人，每天覺得老是＿＿＿＿＿＿＿。

三、可 V

表示強調語氣，多用於口語。用法分為以下幾種情況：

「可」is predominately used in colloquial Chinese as an emphasis marker.

1.用於一般陳述句。有時表示出乎意料的意思。

　Used in a declarative sentence to emphasize that something is unexpected.

➤ 這可是拓展我們公司生意的好機會！

2.用於反問句。

　Used in a rhetorical question.

> 報帳的程序這麼複雜，一個新人可怎麼弄得清楚？

3. 用於祈使句。強調必須如此，有時有懇切勸導的意思。後面一般有「要、能、應該」，句末多用語氣助詞。

Used in an imperative sentence.

> 好不容易找到這麼好的工作，你可要好好努力！

4. 用於感嘆句。句末用語氣助詞。

Used in an exclamatory sentence.

> 現在的工作可難找呢！

練習：完成句子

1. 經理忽然問我對未來有什麼打算，＿＿＿＿＿＿＿＿。（把我問住了）

2. 大家都覺得外派的待遇比較好，＿＿＿＿＿＿呢？（誰願意離開家人）

3. 你的老闆讓你上班時間去學中文，你＿＿＿＿＿＿＿＿＿！（應該好好珍惜機會）

4. 登機時間快到了，他還沒出現，＿＿＿＿＿＿＿＿＿！（把大家急死了）

四、正好　　happen to be

表示某種巧合（多指時間、情況、機會條件等），意思相當於「恰好、正巧」。用法分為以下幾種情況：

正好 can be used as an adjective or adverb to express the occurrence of a coincidence related to time, size, volume, quantity, degree, etc.

1. 正好 + 動詞

正好 + verb phrase

> 我去會計部的時間，正好遇到了王經理。

2. 正好 + 數量（+ 名）

正好 + quantity

> 他今年正好二十歲。

3. 正好 + 形容詞

正好 + adjective

➤ 我的所學跟貴公司的需要正好一樣。

4. 用在主語前

正好 + subject

➤ 正好我們新的人臉辨識系統會在攤位上展示

練習：完成句子

1. 他在登記住宿的時候，正好＿＿＿＿＿＿＿＿＿＿＿＿＿＿＿＿＿。

（碰上明天要一起參加會議的同行）

2. 這個電腦＿＿＿＿＿＿＿＿＿＿＿＿＿＿＿＿＿＿。（一萬五）

3. 我的想法和你的＿＿＿＿＿＿＿＿＿＿＿＿＿＿＿。（相反）

4. 我明天要去日本開會，＿＿＿＿＿＿＿＿。（張主任也要去拜訪客戶）

五、包在我身上　leave it to me

「包在我身上」意思是「由我來負責吧，我有把握一定能做好。」用來向對方表達自己一定能成功地完成某事的信心，同時也有讓對方放心的涵義。可以單獨使用，也可以放在「某事」之後。

「包在我身上」means "just leave it to me." This sentence indicates that the speaker is very confident in being able to do something successfully and can be counted on. It can be used alone or after the "thing" that needs to be done.

➤ 經理：一切就交給你了。

安迪：沒問題，包在我身上。

➤ 經理：下星期的產品簡報就靠你了。

安迪：報告包在我身上，回答問題就要麻煩經理了。

練習：完成句子

1. A：明天跟外國客戶開會的資料，都準備好了嗎？

B：＿＿＿＿＿＿＿＿＿＿＿＿＿＿＿＿＿＿＿＿＿＿＿＿＿

2. A：布置會場的事跟主持記者會的事，可以都拜託你嗎？

B：_____

閱讀材料　Reading Materials

（新聞稿改寫）

臺北國際電腦展（COMPUTEX）今天舉行閉幕記者會，會中公布，這次展覽吸引了來自 167 國，共 41,378 位科技產業專業人士蒞臨。參觀人數增加最多的國家依序是泰國（30.63%）、印尼（22.52%）、印度（20.86%）、越南（20.44%）及俄羅斯（14.81%）。全球共有 181 家買主與參展廠商在此進行了 955 場洽談。此外，創新展區三天共計吸引了 14,977 人，比去年成長 36%。

問題與討論：

1. 來參加臺北電腦展的國家一共有幾個？
2. 哪幾個國家的人數增加最多？
3. 買主與參展商一共洽談了幾場？

展覽檔期表

日期	展覽名稱	主辦單位	地點
07/05-07/08	臺北秋冬鞋展	臺南市皮革製品商業同業公會	世貿 1 館
07/07-07/10	臺北國際寵物用品展	展昭國際企業股份有限公司	南港展覽館 1 館
07/09-07/09	日本留學展	公益社團法人東京都專修學校各種學校協會	世貿 1 館
07/14-07/17	臺北國際夏季旅展	揆眾展覽事業股份有限公司	世貿 1 館
07/21-07/24	臺灣美食展	財團法人臺灣觀光協會	世貿 1 館
07/28-07/31	臺北車展	經濟日報	世貿 1 館

問題與討論：

1. 小明想去國外念書，他應該去看哪一個展覽？
2. 陳小姐家裡有兩隻狗、四隻貓，她想幫狗、貓買一些食物，她應該去看哪一個展覽？
3. 我打算寒假出國渡假，想找又好又便宜的飯店，我應該去看哪一個展覽？
4. 你最想去看的展覽是哪一個？為什麼？

生詞與短語二 🎧 Vocabulary and Phrases II

編號	生詞	拼音	詞性	英文意思
1	舉行	jǔxíng	V	to hold
2	閉幕	bìmù	V	conclude, lower the curtain
3	記者會	jìzhě huì	N	to press conference
4	公布	gōngbù	V	to announce
5	展覽	zhǎnlǎn	N	exhibition, show
6	來自	láizì	V	to come from
7	產業	chǎnyè	N	industry
8	蒞臨	lìlín	V	to arrive, be present
9	增加	zēngjiā	V	to increase
10	依序	yīxù	Adv	in order
11	全球	quánqiú	V	global
12	買主	mǎizhǔ	V	buyer
13	參展	cānzhǎn	V	to take part in an exhibition
14	此外	cǐwài	Conj	in addition, besides
15	創新	chuàngxīn	N	Innovation
16	展區	zhǎnqū	N	exhibition area
17	成長	chéngzhǎng	V	to grow up

Lesson 8

情境活動一　Situated Activity I

在商展中介紹產品

❖ 情境描述：

參加商展是介紹公司新產品的好機會，當有人走近攤位，就可以主動介紹產品。

❖ 課前作業：

學生決定要介紹的新產品，請學生選擇熟悉的產品，以下幾項產品作為參考。

| 照相機 | 電腦 | 購物平臺 | 人臉辨識 |
| 耳機 | 燈泡 | 雲端科技 | 語音辨識 |

❖ 情境安排：

將教室桌椅安排為商展攤位，在攤位上貼上自己要展示的新產品。

❖ 教學示例：

1. 初步接洽：

您好。歡迎來看看我們的新產品。

我可以為您介紹一下這個產品嗎？

您在找什麼特定的產品嗎？

2. 介紹公司及產品（畫線部分可置換）

我們公司在<u>臺灣新竹科學技術園區</u>，是<u>臺灣前十大企業</u>。

這是我們最新的<u>人臉辨識系統</u>，讓我為您展示一下。

這是我們公司的產品型錄，請參考一下。

3. 留下聯絡資料

這是我的名片，如果您需要更多資訊，請隨時跟我聯絡。

可以請您留下資料嗎？我們會很快跟您聯絡。

❖ 補充詞彙：

特定的	型錄	印象深刻	試用	參考

❖ 進行方式：

1. 一半學生先作為參展廠商，一半學生作為參觀攤位的人。

2. 參觀攤位的人自由參觀攤位，廠商介紹產品。

3. 廠商與參觀的人交換角色。

4. 學生介紹一樣剛剛認識的產品，說明對這個興趣是否感興趣？為什麼？

延伸活動　**Extended Activity**

收集潛在客戶資料

❖ 情境安排：

學生準備自己的名片，跟參觀的人交換名片，如果對方沒有名片，就請他留下資料。

❖ 擴充詞彙：

幸會	久仰大名	合作	保持聯絡	留下資料

情境活動二　Situated Activity II

吸引人潮的好方法

❖ **情境描述：**

為了吸引人潮，可以用一些方法讓大家靠近自己公司的攤位。

❖ **課前作業：**

學生分成三組，各有不同的宣傳方法。第一組是「發送贈品」，第二組是「玩趣味遊戲」，第三組是「舉辦抽獎活動」。學生課前討論好內容、並製作活動道具。

❖ **情境安排：**

在教室牆上或白板上張貼自己公司產品的海報，以及活動的時間。

❖ **教學示例：**

1. 發送贈品

這裡有免費的滑鼠墊和筆記本！只要把您的名片投進箱子裡就可以拿喔！

2.玩趣味遊戲

　　這裡有獎品轉盤遊戲！大家快來玩！獎品很豐富！只要給一張名片就可以轉一次喔！

3.抽獎活動

　　快來填寫抽獎券，記得保留你的存根聯，我們下午就會公開抽獎喔！

❖補充詞彙：

宣傳	贈品	趣味遊戲	優待券	道具
抽獎券	存根聯	轉盤	獎品	吆喝

❖進行方式：

1. 三組學生各推派一位代表在會場中介紹自己的活動。
2. 其他學生準備一些名片，自己決定要去哪個攤位看看。
3. 最後看看哪一組能收集到最多個人資料。
4. 討論哪一種吸引人潮的方法最有用，怎麼改進之前設計的方法。

延伸活動　**Extended Activity**

抽獎活動開獎

❖情境安排：

為了吸引人潮舉辦的抽獎活動即將開獎。一位學生把獎項寫在白板上，一位學生拿抽獎箱開獎，其他學生拿出存根聯對獎。

❖擴充詞彙：

開獎	對獎	見證	獎項	領獎	中獎

第九課　商務宴請 🎧
Lesson 9　Business Banquets

對話　**Dialogue**

飯店總經理：林鑫

航空公司總經理郭強生與業務經理阮文定

情境：航空公司的郭總經理接受飯店總經理林鑫的邀請，參加樂華飯店十週年慶祝餐
　　　會，他與業務經理阮文定一同出席。

郭總：林總，恭喜啊！辛苦這麼多年，樂華飯店好不容易才有
　　　今天！我真替您感到高興！

林總：哪裡哪裡。郭總，您能大駕光臨是我的榮幸。來，這邊請坐。

郭總：林總，讓我來介紹一下，這位是我們公司新上任的業務經
　　　理阮文定，要不是有他協助，我們不會有今日亮眼的成績。
　　　文定，這位是林總經理。

阮經理：林總經理，幸會幸會。這是我的名片，請多指教。

林總：不敢當。阮經理年輕有為，謝謝你今日賞光。日後雙方合作
　　　的項目還要勞煩您多費心了。

阮經理：千萬別這樣說。我知道是您的帶領，才讓樂華飯店成為業
　　　　界的龍頭，我還得多向您請教！

林總：你太客氣了。（舉起酒杯）謝謝大家蒞臨樂華飯店，來參加
　　　我們十週年慶祝餐會！今天我以這杯酒來感謝大家過去的
　　　肯定，以後也還請大家多多支持。我先乾為敬。

郭總：能參與這場盛會，我感到十分光榮。不過，真抱歉，醫生
　　　交代我得戒酒，我以茶代酒，先敬大家。

陳經理：林總，真不好意思，因為會議耽擱，所以來晚了。我先自
　　　　罰三杯！

阮經理：林總，我也敬您，能有機會與業界的前輩交流，晚輩獲益
　　　　良多。我乾杯，你隨意！

林總：阮經理好酒量！來，大家請用點菜吧！

生詞與短語一 🎧 Vocabulary and Phrases I

編號	生詞	拼音	詞性	英文意思
1	出席	chūxí	V	to attend
2	大駕光臨	dàjià guānglín		we are honored by your presence
3	上任	shàngrèn	V	to take office
4	協助	xiézhù	V	to assist
5	亮眼	liàngyǎn	Vs	outstanding
6	幸會	xìnghuì		It's a pleasure to meet you.
7	指教	zhǐjiào	N	advice, comments
8	不敢當	bùgǎndāng		I don't deserve it!
9	年輕有為	niánqīng yǒuwéi	Vs	young and promising
10	賞光	shǎngguāng	V	[Polite] to honor sb with a visit
11	勞煩	láofán	V	to trouble（sb with a request）
12	費心	fèixīn	N	care and attention
13	千萬	qiānwàn	Adv	by all means
14	帶領	dàilǐng	V	to lead
15	龍頭	lóngtóu	N	leadership position
16	肯定	kěndìng	N	recognition
17	支持	zhīchí	V	to support
18	先乾為敬	xiāngānwéijìng		It's my honor to propose a toast.
19	參與	cānyù	V	to participate
20	盛會	shènghuì	N	grand meeting, pageant
21	光榮	guāngróng	Vs	honor, glory
22	抱歉	bàoqiàn	V	to be sorry
23	戒	jiè	V	to quit, to abstain from
24	耽擱	dāngē	V	to delay

編號	生詞	拼音	詞性	英文意思
25	罰	fá	V	to punish, to penalize
26	前輩	qiánbèi	N	senior
27	晚輩	wǎnbèi	N	younger generation, junior
28	獲益良多	huòyìliángduō		to benefit a lot
29	我乾杯，你隨意	wǒ gānbēi, nǐ suíyì		Bottoms up! (without pressuring others in your party to down their entire glasses)
30	酒量	jiǔliàng	N	alcohol tolerance

句型　Sentence Patterns

一、好不容易　very difficult

「好不容易」用來形容能達到這樣的情況是一件不容易的事，這一定經過了不少的嘗試、努力、計畫等才能做到。「好不容易」後面常和「才」連用。

好不容易 is used to emphasize that a lot of effort was required in order to reach an ultimate goal. 好不容易 is often followed by 才.

➢ 林總，恭喜啊！辛苦這麼多年，樂華飯店好不容易才有今天！我真替你感到高興！

➢ 經過多次洽談，好不容易才把王總經理高薪挖角過來。

➢ 因為金額太大，這項生產項目好不容易才通過公司的會計審核。

練習：完成句子

1. A：新進員工的識別證都做好了嗎？

   B：有的沒交兩吋照片，有的沒做體檢，有的沒留電子信箱，我忙了一個多星期，_____。

2. A：參加商展的事怎麼樣了？航班、旅館都沒問題了吧？

   B：正好遇到中國新年，_____。

3.A：股東參加的會議時間都安排好了嗎？

　B：因為大家的時間都不一樣，經過多次協調，_____。

二、要不是……　if it were not for

「要不是」的後面是已經發生的事實。（如果這個事實沒發生，後半句的情況就成立）表示跟現在或是過去事實不同的假設。說話者有惋惜或慶幸的意思。

The part after 要不是 is an event which has already occurred. If that event hadn't occurred, the situation stated in the following sentence would have been true. This is a subjunctive mood to express a hypothetical about the present or the past. The speaker usually feels either regretful or fortunate.

➢ 要不是有他協助，我們不會有今日亮眼的成績。

➢ 要不是收據上少了統一編號，報帳程序上週一就完成了。

➢ 要不是您來電提醒，我報到的時候一定會忘記攜帶兩吋照片。

練習：完成句子

1.A：這一次錄取的新進員工跟其他同仁都配合得很好！

　B：要不是公司安排了職前訓練，_____

　　（不能清楚了解自己工作內容）

2.A：我們的攤位前面都是人，這樣一來，經理可安心了！

　B：要不是_____，我們也無法吸引人潮。

　　（結合抽獎活動）

3.A：陳經理，你遲到了，該罰一杯！

　B：要不是_____，我肯定先乾為敬！

　　（醫生交代我得戒酒）

三、以 N 來 V　to V by means of N

這個 N 是「來」後面動作（V）所憑藉的工具、方式或手段。「來」表示要做某事（「來」後面的動作），沒有「來」意思不變。

Nouns after 以 in this pattern are the tools, methods, or means to do the action after 來 . 來 can be omitted.

➢ 今天我以這杯酒來感謝大家過去的肯定，以後也還請大家多多支持。

➢ 王主任以流利的雙語能力來洽談生意。

➢ 業界以高薪的條件來挖角專業人士是很普遍的。

練習：完成句子

1.A：你們怎麼錄取員工？

　B：不一定，有的面試官以工作經驗＿＿＿＿＿＿＿＿＿＿＿＿＿＿＿。

2.A：今年要怎麼謝謝投資股東？

　B：公司常以＿＿＿＿＿＿＿＿＿＿＿＿＿＿＿來宴請股東。

3.A：企劃行銷部募資的表現亮眼，他們是怎麼辦到呢？

　B：企劃行銷部以＿＿＿＿＿＿＿＿＿＿＿＿＿來順利籌資。

閱讀材料　Reading Material

中式菜單

肉類	海鮮類	蔬菜類	湯類	主食	甜點
蒜泥白肉 280	綜合生魚片 280	炒時蔬 200	鮮魚味噌湯 250	炒飯 80	八寶芋泥 250
梅干扣肉 280	紅燒魚 380	紅燒豆腐 200	薑絲鮮蚵湯 250	炒麵 80	紫薯山藥糕 250
炒回鍋肉 280	醋溜魚片 380	麻婆豆腐 200	鳳梨苦瓜雞湯 280	什錦炒飯 100	南棗核桃糕 250

肉類	海鮮類	蔬菜類	湯類	主食	甜點
糖醋排骨 360	乾煎鮭魚 300	炸豆腐 200	酸菜豬肚湯 280	什錦炒麵 100	水晶桂花糕 250
白斬雞 360	豆酥鱈魚 350	魚香茄子 320	酸菜白肉鍋 280	炒米粉 100	杏仁豆腐 200
三杯雞 360	烤秋刀魚 350	乾煸四季豆 320	藥膳百菇湯 250	麻油麵線 100	酒釀湯圓 200
宮保雞丁 360	滑蛋蝦仁 280	西芹炒雙菇 320	山藥蓮藕湯 250	白飯 10	紅豆湯圓 200
脆皮烤鴨 350	鳳梨蝦球 350	醬燒杏鮑菇 280	玉米湯 250	滷肉飯 30	桂圓紅棗湯 200
北京烤鴨 400	鹽焗蝦 400	鹹蛋苦瓜 280	酸辣湯 250		銀耳蓮子湯 200

肉類	海鮮類	蔬菜類	湯類	飲料	甜點
青椒牛肉 280	紅燒明蝦 480	菜脯蛋 200	青菜豆腐湯 200	啤酒 100（瓶） 50（罐）	冰糖白木耳 200
蔥爆牛肉 280	炒蛤蜊 320	羅漢齋 300	蛋花湯 200	果汁 80（瓶）	椰奶西米露 200
沙茶羊肉 280	炸鮮蚵 360			汽水 80（瓶）	鮮果盤 300
椒鹽羊小排 400	清蒸螃蟹 （時價）				
酥炸肥腸 360					

貼心叮嚀：

1. 本餐廳收取 10% 服務費

2. 最晚點餐時間為晚上 9:00

3. 自帶酒類飲料需酌收開瓶費 300 元

4. 本店採自助式點餐，點餐後請至櫃臺結帳

問題與討論：

1. 這份菜單中，有哪些菜是「辣」的？哪些菜是「甜」的？

2. 哪些菜可能是用「炸」或是「烤」的方法來做的？

3. 要是今天你的客人不喜歡味道太強、太刺激的口味，你會建議他點哪些菜？

4. 根據這份菜單，要是每個種類都得點一道最便宜的菜，包括飲料，最後結帳的時候是多少錢？

生詞與短語二 🎧 Vocabulary and Phrases II

編號	生詞	拼音	詞性	英文意思
1	炒	chǎo	V	to fry
2	排骨	páigǔ	N	pork ribs
3	青椒	qīngjiāo	N	green pepper
4	沙茶	shāchá	N	satay (spicy peanut sauce), also spelled sate
5	椒鹽	jiāoyán	N	salt and pepper
6	羊小排	yángxiǎopái	N	lamb ribs
7	綜合	zònghé	Vs	assorted
8	生魚片	shēngyúpiàn	N	sashimi
9	紅燒	hóngshāo	Vs	braised
10	煎	jiān	V	to pan fry
11	鮭魚	guīyú	N	salmon
12	秋刀魚	qiūdāoyú	N	pacific saury (Coloabis saira)
13	蝦仁	xiārén	N	shrimp meat, shelled shrimp
14	鳳梨	fènglí	N	pineapple
15	明蝦	míngxiā	N	prawns
16	蛤蜊	gélí	N	clams

編號	生詞	拼音	詞性	英文意思
17	鮮蚵	xiān é	N	fresh oysters
18	清蒸	qīngzhēng	Vs	steamed
19	螃蟹	pángxiè	N	crab
20	時價	shíjià	N	market price
21	時蔬	shíshū	N	seasonal vegetables
22	杏鮑菇	xìngbàogū	N	king oyster mushrooms
23	鹹蛋	xiándàn	N	salted egg
24	苦瓜	kǔguā	N	bitter gourd
25	味噌	wèicēng	N	miso
26	薑絲	jiāngsī	N	shredded ginger
27	藥膳	yàoshàn	N	medicinal diet, herb-flavored food
28	百菇	bǎi gū	N	assorted mushrooms
29	玉米湯	yùmǐtāng	N	corn soup
30	酸辣湯	suānlàtāng	N	hot and sour soup
31	什錦	shíjǐn	Vs	(food) assorted, mixed
32	米粉	mǐfěn	N	rice noodles
33	麻油	máyóu	N	sesame oil
34	麵線	miànxiàn	N	vermicelli
35	滷肉飯	lǔròufàn	N	braised pork on rice
36	收取	shōuqǔ	V	to charge
37	櫃檯	guìtái	N	counter
38	酌收	zhuóshōu	V	to charge different prices according to the situation

專有名詞　Specialized Terms

編號	生詞	拼音	英文意思
1	蒜泥白肉	suànní báiròu	mashed garlic with plain boiled pork
2	梅干扣肉	méigān kòuròu	braised pork with preserved vegetable
3	回鍋肉	huíguōròu	Sichuan style stew pork, twice-cooked pork
4	糖醋排骨	tángcù páigǔ	sweet and sour spare ribs
5	白斬雞	báizhǎnjī	Cantonese poached chicken, known as "white cut chicken"
6	三杯雞	sān bēi jī	Three-Cup Chicken, chicken fried with wine, sesame oil and soy sauce
7	宮保雞丁	gōngbǎo jīdīng	Kung Pao Chicken
8	脆皮烤鴨	cuìpí kǎoyā	Roasted Crispy Duck
9	北京烤鴨	běijīng kǎoyā	Peking Duck
10	蔥爆牛肉	cōngbào niúròu	fried beef with scallion
11	酥炸肥腸	sūzhá féicháng	crispy fried intestine (large intestine used as foodstuff)
12	醋溜魚片	cùliūyúpiàn	fish slices in vinegar gravy, sweet & sour sliced fish
13	豆酥鱈魚	dòusū xuěyú	steamed codfish with savory crisp soybean
14	滑蛋蝦仁	huádàn xiārén	stir-fried shrimps in eggs
15	鳳梨蝦球	fènglí xiāqiú	fried shrimp ball with pineapple
16	鹽焗蝦	yánjúxiā	salt-baked prawns

編號	生詞	拼音	英文意思
17	紅燒明蝦	hóngshāo míngxiā	braised prawns with brown sauce
18	麻婆豆腐	mápó dòufu	Mapo Tofu (stir-fried beancurd in chili sauce)
19	魚香茄子	yúxiāng qiézi	braised eggplant with garlic, scallions, ginger, sugar, salt, chili peppers etc. (Although "yuxiang" literally means "fish fragrance", it contains no seafood.)
20	乾煸四季豆	gānbiān sìjìdòu	fried beans, Sichuan style
21	西芹炒雙菇	xīqín chǎo shuānggū	stir-fried mushrooms with celery
22	醬燒杏鮑菇	jiàngshāo xìngbàogū	braised king oyster mushroom in brown sauce
23	鹹蛋苦瓜	xián dàn kǔguā	bitter gourd with salted egg
24	菜脯蛋	càifǔdàn	omelet with salted & dried radish
25	羅漢齋	luóhànzhāi	Buddha's Feast (stewed mixed vegetable)
26	鳳梨苦瓜雞湯	fènglí kǔguā jītāng	chicken soup simmered with bitter gourd and pineapple
27	酸菜豬肚湯	suāncài zhūdǔ tāng	pork stomach with pickled cabbage soup
28	酸菜白肉鍋	suāncài báiròu guō	meat with pickled cabbage hot pot
29	山藥蓮藕湯	shānyào liánǒu tāng	Chinese yam and lotus root soup

編號	生詞	拼音	英文意思
30	八寶芋泥	bābǎo yùní	Eight treasures taro mud (a snack in Chaozhou cuisine)
31	紫薯山藥糕	zǐshǔ shānyào gāo	purple potato yam cake
32	南棗核桃糕	nánzǎo hétáo gāo	date and walnut pudding candy
33	水晶桂花糕	shuǐjīng guìhuā gāo	Osmanthus Jelly
34	杏仁豆腐	xìngrén dòufu	almond junket
35	酒釀湯圓	jiǔniàng tāngyuán	sweet rice dumplings in fermented rice soup
36	紅豆湯圓	hóngdòu tāngyuán	red bean with sticking rice balls
37	桂圓紅棗湯	guìyuán hóngzǎo tāng	dried longan fruit and red date tea
38	銀耳蓮子湯	yíněr liánzǐ tāng	white fungus soup with lotus seeds
39	冰糖白木耳	bīngtáng báimùěr	crystal sugar white fungus
40	椰奶西米露	yénǎi xīmǐlù	coconut milk sago

情境活動一　Situated Activity I

草擬菜單

❖ 情境描述：

爲了保持公司跟客戶的關係，你打算請客戶吃飯。利用本課短文中的中式菜單，想一想該點什麼菜。

❖ 課前作業：

1. 請同學想一想，在草擬菜單以前，需要考慮哪些事情？例如：人數、預算、菜的種類、客人喜歡的口味和客人不能吃什麼等。

2. 教師依照學生人數準備足夠的表單，讓同學進行調查時容易填寫。可以事先填入同學的姓名以及填入一些項目。也可以全部空白讓學生自行寫。

例如：

喜好　＼　學生姓名	吃辣？	過敏的食物？	喝酒？	吃素？	不吃什麼？	
丁威廉						
王馬力						
陳大同						

❖ **情境安排：**
　　1. 將教室座位安排成馬蹄形，方便互相討論。
　　2. 進行調查活動時，同學需要離開自己的座位。

❖ **進行方式：**
　　1. 教師詢問同學擬菜單的時候要先考慮哪些事情。讓同學舉手回答，教師再將學生的回答寫在黑板上，讓同學填入表格中。要考慮的項目可能有：吃不吃辣？愛不愛吃甜點？對什麼過敏？吃素、不吃牛肉、豬肉、人數、還有總預算多少等。
　　2. 學生確定表格上的項目後，口頭調查全班同學的飲食習慣，並記錄下來。
　　3. 完成調查之後，請學生回到座位上，根據他的調查，各自草擬一份菜單。
　　4. 每人輪流向全班介紹自己的的菜單及理由。
　　5. 教師請全班票選出一份他最喜歡的菜單。
　　6. 教師可以對於大家的菜單加以講評，特別是針對華人點菜的細節。

❖ **教學示例：**
　　1. 進行調查活動時，可以這樣問：

⑴ 你好，你吃不吃辣？

⑵ 你對什麼過敏？

⑶ 你吃素嗎？是奶蛋素？還是鍋邊素？你吃不吃魚？

⑷ 你喝酒嗎？

2. 報告時可以這樣說：

各位同學大家好，我是○○○。我邀請的主要客人是○○公司的＿＿＿（職位）。

我一共邀請了＿＿＿人，所以我的菜單一共有＿＿＿道菜。這些菜有＿＿＿個種類，沒有＿＿＿類。因為我的客人是＿＿＿國人，他不喜歡＿＿＿，所以我選了這幾類。我的客人也有＿＿＿的，他不吃＿＿＿。我的菜單除了 X 以外，我還有 A、B、C、D、和……。飲料我點了＿＿＿，甜點我點了＿＿＿，最後加上服務費 10%，一共是＿＿＿錢。最後預算是＿＿＿。

❖ 補充詞彙／句式：

編號	生詞	拼音	英文意思
1	預算	yùsuàn	budget
2	口味	kǒuwèi	taste
3	過敏	guòmǐn	allergy
4	主要	zhǔyào	main
5	平均	píngjūn	average

➢ V 過 N

➢ 除了……以外，還有 A、B、C……。

延伸活動　Extended Activity

寫邀請卡

1. 請同學想一想舉行宴會的理由有哪些。如：產品發表會、簽約完成後的聚會、年終歲末的慶祝酒會、新公司開幕的酒會等。
2. 根據宴會的原因，於課後寫一張邀請卡。
3. 邀請卡的內容要包括下面這些內容：
   ⑴邀請對象的姓名
   ⑵邀請的理由
   ⑶宴會的時間、地點（包括餐廳的地址）
   ⑷聯絡人以及聯絡電話
   ⑸邀請單位
4. 邀請卡範例：

敬愛的 ＿＿＿＿＿＿＿ 先生／女士：

為感謝您及貴公司對清華科技公司長期以來的支持與厚愛，謹訂本月八日晚間六時，假樂華飯店富貴廳，舉行本公司成立十週年慶祝餐會，恭候您的光臨。

入席：二〇二〇年一月八日星期六晚上六時
地點：樂華飯店2樓花開富貴廳
飯店地址：新竹市清華路一號

聯絡人：王傳福
聯絡電話：02-5458889
清華科技公司敬邀

備有停車場

情境活動二　**Situated Activity II**

商務聚餐

❖ **情境描述：**

　　爲了保持跟客戶之間的良好關係，也爲了要加強彼此的感情，利用中秋節這個節日，參加了跟公司有合作關係的聚會。

❖ **課前作業：**

　1.學生事先做好自己的名片，內容要包括公司名稱和職位。

　　如：

清華科技有限公司
高級工程師　　王大明

　　上課時帶到教室來。

　2.教師依照學生人數準備籤條和內容。抽籤的內容要包括主人 1 位，主客 1-3 位以及陪客 2-5 位，並依照重要性排序。如：

　　主人：1 號；主客 1：2 號；客人 2：3 號；客人 3：4 號；

　　客人 4：5 號；客人 5：6 號；陪客 1：7 號；陪客 2：8 號……。

❖ **情境安排：**

　1.將全班的桌椅併成一大張，把椅子圍繞在桌子外面。如果能換到有圓桌的教室會更好。

　2.教師依照學生人數準備杯子和兩瓶茶水。一瓶代表酒，另一瓶代表茶或果汁。

　3.將前一個情境活動的菜單擺放在桌上。

　4.桌上可以布置冷盤或是茶點。例如：涼拌小黃瓜或是花生、瓜子。

　5.同學在教室門口或是前方等待，先不要入座，等抽完籤後，主人再安排客人依序入座。

❖ **進行方式：**

　1.教師讓學生抽籤決定自己的身分。如抽到 1 號就是主人，抽到 2 號就是

主要客人。3 號就是次要客人。4 號就是更次要的客人，5 號是陪客等。依照號碼決定自己在宴會中的重要性。

2. 宴會過程中，主人要向主客打招呼，並且依照順序招呼客人，安排他們入座。幾個陪客可以一起招呼、一起入座。

3. 主人向主客敬酒，並且招呼大家用餐。

4. 主客向主人敬酒。

5. 吃飯的過程中，至少要向左右兩邊的人介紹自己。

6. 每個陪客都要找機會向主人、主客敬酒。陪客可以兩、三個人一起向主人敬酒。

7. 除了敬酒以外，也要替別人倒酒或是倒飲料。

8. 在互相問答的過程中，你要得到一個對你的公司業務，或是可以拉近關係有用的訊息。

❖ 教學示例：

1. 主人的歡迎詞有哪些？

　(1) 歡迎您大駕光臨。

　(2) 歡迎歡迎。你的座位在那邊，我帶你入座。

2. 敬酒：

　敬酒可能會說哪些話：

　(1) 我先敬你一杯。

　(2) 我先乾為敬。

　(3) 我乾杯，你隨意。

延伸活動　Extended Activity

宴會致詞的開場白與祝福語

1. 請學生事先想好參與宴會的種類。

2. 根據全班同學的名片，上臺發表致詞先練習開頭以及結束即可。

3.致詞內容參考如下：

> 清華科技公司的陳萬福陳董事長，長興科技的張金發張總裁，樂華飯店的林鑫林總經理，還有王貴遠王經理、李美月李襄理，高建民高經理以及在座的各位貴賓以及同仁，大家晚安。
>
> （致詞內容：邀請大家的原因與一些客氣話）
>
> 感謝本公司每一位員工，因為你的辛勞，我們的團隊才能在這樣嚴苛的考驗下逆勢成長。新年新希望，相信大家跟我一樣，對明年的展望還是充滿了信心。本人先敬大家一杯酒，祝賀大家新年快樂，萬事如意。

一、開場致詞時，可以怎麼稱呼貴賓：

○○公司○○（姓氏）○○（職稱），如：

清華科技公司的陳萬福陳董事長

長興科技的張金發張總裁

其他常見的稱呼方式：

在座的各位貴賓以及同仁，大家好。

二、致詞的內容可以說什麼：

1.具體說明公司、產業的情況

2.謝謝大家的努力、付出與辛勞

3.讚美公司的組織、制度與領導的優秀

三、致詞結束時，可以說哪些祝福語：

祝賀大家萬事如意、生意興隆、步步高升、業務蒸蒸日上

第十課　產品行銷 🎧
Lesson 10　Product Marketing

對話　**Dialogue**

會議室

供應商：王經理，您好。我看了一下您寄來的營收報表，貴公司上半年的業績遠不如從前，過去兩個月的銷售量甚至連續下滑了三成。

代理商：陳經理，實在不好意思。我們也注意到了這個問題，正在想辦法提升銷售量。因為上半年有許多同類型的產品上市，分散了一些買氣。

供應商：那你們討論出對策了嗎？怎麼樣才能在最短的時間內刺激買氣、拉回客源？

代理商：我們初步的規劃，想先從網路行銷著手。找一些較知名的部落客或網路名人，提供他們免費試用產品，再請他們在網路上分享使用後的心得。

供應商：嗯，這個方法不錯。成本不高，也不需花費太多的時間就可以見到成效，還能順便做市場調查、分析消費族群。

代理商：另外，我們也打算找一、兩個直播網站合作，這樣一來，既可以直接跟消費者互動，又可以得到立即的回饋。

供應商：這也只是權宜之計，購買熱潮一過可能就會退流行了，我們得再想想其他較長遠的計畫來穩定產品的銷售量。

代理商：那是一定的！這幾天我們公司內部會再跟廣告行銷公司洽談，討論像是跟電視、電臺或平面等媒體合作的可行性。

供應商：好的，那我就等你的好消息！

生詞與短語一 🎧 Vocabulary and Phrases I

編號	生詞	拼音	詞性	英文意思
1	營收報表	yíngshōu bàobiǎo	N	revenue statement, sales report
2	業績	yèjī	N	sales performance
3	銷售量	xiāoshòuliàng	N	sales volume
4	下滑	xiàhuá	V	to decline
5	Num 成	chéng	N	tenth (fraction)
6	代理權	dàilǐquán	N	dealership, authorization of manufacture
7	提升	tíshēng	V	to increase, to elevate
8	類型	lèixíng	N	type
9	分散	fēnsàn	V	to disperse, to distribute
10	討論	tǎolùn	V	to discuss
11	對策	duìcè	N	countermeasure
12	刺激	cìjī	V/N	to stimulate
13	買氣	mǎiqì	N	popularity
14	客源	kèyuán	N	customer source
15	部落客	bùluòkè	N	blogger
16	網路名人	wǎnglù míngrén	N	Internet celebrity
17	直播	zhíbò	N	live streaming
18	互動	hùdòng	N	interaction
19	立即	lìjí	Adv	immediately
20	回饋	huíkuì	N	feedback
21	成效	chéngxiào	N	effectiveness
22	市場調查	shìchǎng diàochá	N	market survey
23	分析	fēnxī	V	to analyze
24	族群	zúqún	N	group

編號	生詞	拼音	詞性	英文意思
25	權宜之計	quányízhījì	N	expediency
26	熱潮	rècháo	N	upsurge
27	退流行	tuì liúxíng	V	to go out of fashion
28	穩定	wěndìng	Vs	stable
29	媒體	méitǐ	N	media
30	可行性	kěxíngxìng	N	feasibility

句型　Sentence Patterns

一、遠不如　can not be compared to ... , not nearly as good as ...

「遠不如」常用來比較此短語前後的兩種事物，表示後面的事物比前面的好多了。短語前後的事物可以是名詞、動詞、短語。

遠不如 is used to compare two things, one preceding and the other following the construction, to show that the latter is much better than the former. The parts before and after 遠不如 can be nouns, verbs or phrases.

➢ 貴公司上半年的業績遠不如從前。

➢ 我上一份工作的薪水遠不如現在這份工作。

➢ 上強公司產品的品質遠不如捷智公司的產品。

練習：完成句子

1.力信公司開出的條件_____。

2.我們這一季的營收_____。

3.想要刺激買氣，降低產品的價格_____。

二、（先）從……著手　to start ... from ...

「著手」是開始做的意思，建議事情應該從什麼地方開始做起。介詞

「從」的賓語可以是名詞、動詞或短語。

著手 means to start to do an action. The preposition 從 is followed by (a) noun(s), verb(s) or phrase(s) to indicate what aspect(s) the action starts from.

➤ 我們初步的規劃，想先從網路行銷著手。

➤ 大家都想跟智慧科技公司合作，要贏得這次的機會，得先從了解他們的需求著手。

➤ 上個月的營收少了近兩成，經理要我們先從拜訪通路著手，找出銷售量減少的原因。

練習：完成句子

1.想提升產品的競爭力，應該＿＿＿＿＿＿＿＿＿＿＿＿＿＿＿＿＿＿。

2.這次產品發表會要規劃的事情很多，我們得一步一步地來，可以

＿＿＿＿＿＿＿＿＿＿＿＿＿＿＿＿＿＿＿＿＿＿＿＿＿＿＿＿＿。

3.成立一家新的公司不容易，可以＿＿＿＿＿＿＿＿＿＿＿＿＿＿＿。

三、這樣一來…… By doing so ...; In this case ...

「這樣一來」用來承接前文，表示前面所說的情況出現之後的結果或作法。

這樣一來 is used to show the results or actions which continue from the preceding sentence(s)

➤ 這樣一來，既可以直接跟消費者互動，又可以得到立即的回饋。

➤ 本來月底前要簽約，這樣一來，可能得下個月才能簽約了。

➤ 這次商展聽說會舉辦抽獎活動，這樣一來，一定能吸引很多人潮。

練習：完成句子

1.洽談合作前一定要充分準備，這樣一來，＿＿＿＿＿＿＿＿＿＿＿。

2.這次到日本參觀工廠可以順便拜訪一下客戶，這樣一來，

＿＿＿＿＿＿＿＿＿＿＿＿＿＿＿＿＿＿＿＿＿＿＿＿＿＿＿＿＿。

3.麻煩你出發前要再跟航空公司及飯店做確認，這樣一來，

_____。

四、既（可以）……，又（可以）　　... not only ... but also; ... as well as ...

表示同時具有兩個方面或情況，「又」後面的性質或情況程度比「既」後面更高，但兩種性質或情況必須一致，即同為正面或同為負面。主語只有一個。

This construction indicates the concurrent presence of two qualities or conditions. The quality or condition after 又 should be even more positive or negative than the part after 既 . Only one subject is used in front of this construction.

➢ 這樣一來，既可以直接跟消費者互動，又可以得到立即的回饋。
➢ 趁這次十週年慶祝餐會，我們可以邀請平常合作的廠商及客戶一起來參加，既可以互相交流，又可以感謝大家多年來的支持。
➢ 這次新推出的平板電腦，既可以打電話，又有人臉辨識系統的功能。

練習：完成句子

1.好的行銷手法，_____。

2.這次參加商展，_____。

3.我很喜歡出差，_____。

閱讀材料　Reading Materials

手機廣告

A. 無論白天或黑夜，都可以拍出清晰的照片。
亦可將影片加上背景音樂，拍完立即編修，
更可轉成 GIF 與好友分享。

B. 超大螢幕搭配雙喇叭與杜比音效，
身歷其境與影片中的主角一起冒險。
設計舒適好握，富有指紋辨識功能，讓您輕鬆解鎖。

C. 超強防毒軟體，保護您的隱私。
防水功能完備，在雨中也可以持續拍照或傳訊息，
可在 1.5 公尺水深操作達 30 分鐘。

D. 蓄電力強，待機時間可達 24 小時，
放在無線充電器上即可快速充電。
不再怕空間不足，只需插入記憶卡，就可擴充 400GB 的空間。

E. 舊機換新機折價優惠，針對特定機型，購買新機可折 NT$3,000。
搭配指定專案送藍牙耳機，再享月租前 3 個月免費。
歡樂耶誕季，再加碼送平板電腦。

生詞與短語二 🎧 Vocabulary and Phrases II

編號	生詞	拼音	詞性	英文意思
1	分享	fēnxiǎng	V	to share
2	螢幕	yíngmù	N	monitor
3	喇叭	lǎbā	N	speaker
4	身歷其境	shēnlìqíjìng	V	to have the feeling of virtually being there
5	冒險	màoxiǎn	V	to take an adventure
6	指紋辨識	zhǐwén biànshì	N	fingerprint identification
7	解鎖	jiěsuǒ	V	to unlock
8	防毒軟體	fángdú ruǎntǐ	N	antivirus software
9	隱私	yǐnsī	N	privacy
10	記憶卡	jìyìkǎ	N	memory card

問題與討論：

1. 請問以上五則廣告中，分別強調了什麼？
2. 廣告（E）中，提供了哪些優惠？
3. 你覺得在選擇手機產品時，最重要的是什麼？
4. 你覺得哪一則廣告最吸引你，為什麼？

情境活動一　Situated Activity I

❖ **情境描述：**

透過此情境活動練習行銷技巧及相關詞彙。

❖ **課前作業：**

請先預習各優惠方案中的詞彙。（教師將各優惠方案分別製作成情境卡，依學生人數印製份數，供學生抽取。）

❖ **情境安排：**

教室桌椅以一對一櫃臺形式安排。

❖ **教學示例：**

您好，本公司推出最新優惠方案，能否耽誤您幾分鐘，為您做簡短的介紹…

❖ 補充詞彙：

優惠方案	免……	網內／外	儲值	吃到飽

❖ 進行方式：

1. 老師可以先就各電信方案提出一些問題進行討論，並確認學生對相關詞彙的理解。
2. 每人隨機抽取一電信優惠方案。
3. 依學生人數而定，將學生 2 到 4 人分成一組，一方扮演行銷業務推銷所負責的優惠方案，另一方扮演顧客，可在聆聽方案同時記錄各方案優缺點，以便稍後進行比較。說明完優惠方案後，角色互換。
4. 每組交互輪替，需聽取不同方案介紹，不可重複。每個人在限時內向所有顧客推銷自己所負責的優惠方案。
5. 就自己所記錄的優缺點進行比較，最後擇一進行簽約（在選擇的方案上簽名），成交數最多筆的行銷業務代表獲勝。

電信公司 A（易付卡）

免綁約　即儲即打
24 小時多語儲值服務
儲值滿 300 贈送 50 元通話費
指定區域享夜間通話半價優惠

簽約＿＿＿＿＿＿＿＿＿
簽約＿＿＿＿＿＿＿＿＿
簽約＿＿＿＿＿＿＿＿＿

電信公司 B（$699／月）

網內互打免費
網路吃到飽
前 2 個月免月租費
贈來電答鈴

簽約＿＿＿＿＿＿＿＿＿
簽約＿＿＿＿＿＿＿＿＿
簽約＿＿＿＿＿＿＿＿＿

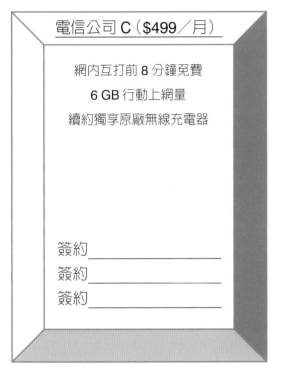

延伸活動　Extended Activity

請說明自己選擇這家電信公司的原因，並討論平時依據什麼條件選擇電信公司。

❖補充詞彙：

服務品質	購機優惠	通話費	附加價值
收訊品質	門市多辦理方便	提供多語服務	

情境活動二　Situated Activity II
❖情境描述：

藉由此活動實際練習撰寫產品行銷企劃案及簡報。

❖ **課前作業：**

　　請預先選定每組所要行銷的產品，並收集相關資料（產品特色、功能、優缺點、價格等）。每組需自備一臺筆電或教師準備每一組一張大海報紙及各色麥克筆，教師亦可直接將下方的行銷企劃案範本印出。

❖ **情境安排：**

　　將教室桌椅以會議形式安排

❖ **教學示例：**

❖ **補充詞彙：**

競爭者	消費者	分析	品牌	產品定位

❖進行方式：

　2 到 3 人一組，就自己所負責的產品，先進行市場、競爭者、消費者分析及產品定位。

參考問題：

市場分析

　⑴市場規模　　⑵品牌市場占有率　　⑶價格結構　　⑷通路結構

競爭者分析

　⑴目標市場區隔分析。

　⑵主要品牌產品定位、價格、特色、通路分布、廣告促銷活動分析。

消費者分析

　⑴消費者在購買時，會受到哪些因素影響？購買動機為何？

　⑵消費者在哪些時間購買？經常在哪些地點購買？

　⑶消費者對產品的要求條件有哪些？

　⑷消費者大多經由哪些管道得知商品訊息？

　⑸消費者對產品價格、促銷活動、品牌敏感度及忠誠度如何？

產品定位

　⑴產品的特色與賣點

　⑵什麼人買？什麼人用？

　⑶產品的印象及所要塑造的個性。

行銷策略

　⑴廣告訴求對象

　⑵廣告與促銷活動的構想及執行方式。

　⑶分組完成簡易的行銷企劃案（可參考下方提供之格式）。

```
                        行銷企劃案
一、行銷目標
    1.
    2.
二、目標市場
    1.
    2.
三、競爭者、消費者分析
    1.
    2.
四、產品定位／定價
    1.
    2.
五、行銷策略
    1.
    2.
```

4.製作 3 到 5 頁的簡報，並分配每人所需負責報告的內容。

5.每組輪流上臺做簡報。

延伸活動　Extended Activity

❖ 情境安排：

討論各組所設計的行銷企劃案之優缺點，並提出疑問及改善辦法。每組事後就大家提出之建議，依表格進行修改並繳交給教師。

第十一課　客戶服務 🎧
Lesson 11　Customer Service

對話　**Dialogue**

Lesson 11

情境：客戶和業務確認產品的售後服務。

業務：陳小姐，謝謝您今天特地過來，您已經看過合約了吧？

客戶：看過了，條文看起來沒什麼太大的問題。不過合約裡提到的產品安裝和教育訓練，是否需要費用？

業務：不需要額外的錢，這是我們售後服務的其中一項。

客戶：好的，那這套課程的實際內容是什麼？

業務：除了跟貴公司人員解說基本的使用方法，也提供實際的操作訓練。等安裝完成，會有進階的訓練，例如怎麼維護等。

客戶：那麼如果產品故障，你們會派人到現場檢查嗎？

業務：當然。使用手冊上有我們 24 小時客服專線，您可以先跟客服中心聯絡，如果有需要，我們會派專人到貴公司確認。

客戶：好的，我明白了。

業務：我們也提供巡迴服務，原廠技師會定期到各公司檢測使用情形。

客戶：你們的服務非常周到。還有一個問題，產品的保固期限為一年，如果產品在超過保固期限後故障呢？

業務：針對不同的損壞原因、零件，我們會有不同的維修費用，技術人員會檢查產品狀況以後，報價給您。

客戶：好的，謝謝你！

生詞與短語一 🎧 Vocabulary and Phrases I

編號	生詞	拼音	詞性	英文意思
1	特地	tèdì	Adv	specially
2	合約	héyuē	N	contract
3	條文	tiáowén	N	clause
4	安裝	ānzhuāng	V	to install

編號	生詞	拼音	詞性	英文意思
5	教育訓練	jiàoyù xùnliàn	N	employee training
6	費用	fèiyòng	N	expenses
7	額外	éwài	Adv	extra, additional
8	售後	shòuhòu	Vs-attr	after-sales
9	套	tào	M	a set of
10	實際	shíjì	Vs	real, actual
11	貴	guì	Vs-attr	(honorific) your
12	基本	jīběn	Vs	basic
13	進階	jìnjiē	Vs	advanced
14	例如	lìrú	Conj	for example
15	維護	wéihù	V	to maintain
16	故障	gùzhàng	Vs	to be broken down (of machinery)
17	派	pài	V	to send, to assign
18	檢查	jiǎnchá	V	to check, to examine
19	專線	zhuānxiàn	N	dedicated phone line
20	專人	zhuānrén	N	specially-assigned person
21	確認	quèrèn	V	to confirm
22	巡迴服務	xúnhuí fúwù	N	circuitous service
23	原廠	yuánchǎng	N	original equipment manufacturer
24	技師	jìshī	N	technician
25	定期	dìngqí	N	on a regular schedule, periodic
26	檢測	jiǎncè	V	to examine
27	周到	zhōudào	Vs	thoughtful, considerate
28	保固期限	bǎogù qíxiàn	N	warranty period
29	超過	chāoguò	V	to exceed

編號	生詞	拼音	詞性	英文意思
30	損壞	sǔnhuài	Vs	damage
31	零件	língjiàn	N	component, spare part
32	技術	jìshù	N	technique
33	報價	bàojià	V	to quote a price

句型　Sentence Patterns

一、除了……也……　　in addition to ... , also ...

　　「除了」之後的成分主要是名詞、動詞或短語，表示已經有或已經知道的事物；「也」之後的成分是動詞短語，提出還可以加進來的事物。

　　「除了」means "in addition to" and is usually followed by a noun, verb, or phrase.「也」is followed by a verb phrase to provide additional information.

➤ 除了跟貴公司人員解說基本的使用方法，也提供實際的操作訓練。

➤ 我們公司的產品除了有定期維護的服務，也可以免費維修兩次。

練習：完成句子

　1. 敝公司的售後服務_____。

　2. 想刺激買氣，_____。

　3. 參加商展，_____，是很好的經驗。

二、等……，會有……／再……　　after ... then ...

　　用「等……，會有……」表示等某些情況發生或是動作完成後，有其他情況或事件接著發生；用「等……，再……」表示當事者等某些情況發生，或是某些動作完成以後，再做別的事情。

　　This pattern indicates that after a certain situation happens or action is done, another situation or action follows.

➢ 等安裝完成，會有進階的訓練，例如怎麼維護等。

➢ 等你看完目錄和樣本，我們再進一步討論細節。

練習：完成句子

1. 這款新的行動電源還不能上市，_____。

2. 要是產品有問題，我們會派人去檢查，_____。

3. 你不要急著離開，_____。

閱讀材料　**Reading Materials**

請看這兩封信，回答問題：

敬啟者：

　　本公司於 2030 年 12 月 3 日向貴公司訂購零件一批，當時抽查的樣本都沒問題。但是近期開始有客戶抱怨產品運作情形不穩定，本來以為只是單一事件，可是後來有更多的客戶反映類似問題，因此我們再次檢驗庫存，果然發現有不少問題。

　　貴公司給我們的印象十分良好，我們總是優先採購你們的產品。可是這次事件讓本公司非常失望。

　　希望貴公司能給我們一個合理的解釋，並且告知後續要如何處理。

亞洲科技公司

採購專員　陳美琴　謹啟

陳專員：

　　您好，

　　感謝您來函指教，很抱歉造成貴公司的困擾，謹代表敝公司表達最誠摯的歉意。現已將您的來信轉知負責人，待了解原因之後，

會盡快回覆，敝公司也會加強品質的控管和員工的教育訓練。

再次感謝您不吝給我們指教與批評，讓我們的品質能更加完善。

今後如果有任何關於產品的問題，歡迎您再次來信，亦可撥打免付費專線 0800-000-000，皆會有專人為您服務。

康華有限公司

客戶服務部主任 李小慧　謹啟

問題與討論

1. 陳小姐的信中，提到了什麼問題？
2. 陳小姐希望李小姐可以做什麼？
3. 在李小姐的回覆中，他們公司目前怎麼處理？他們以後會做什麼？
4. 今天你賣的產品有問題，請你寫一封道歉信。

生詞與短語二 🎧 Vocabulary and Phrases II

編號	生詞	拼音	詞性	英文意思
1	敬啟者	jìngqǐzhě	N	to whom it may concern
2	批	pī	M	a batch of
3	抽查	chōuchá	V	spot check, random inspection
4	近期	jìnqí	Adv	recently
5	運作	yùnzuò	N	operations
6	單一	dānyī	Vs	single
7	反映	fǎnyìng	V	to reflect
8	類似	lèisì	Vs	similar
9	庫存	kùcún	N	inventory, stock
10	果然	guǒrán	Adv	just as expected
11	良好	liánghǎo	Vs	good, fine

編號	生詞	拼音	詞性	英文意思
12	失望	shīwàng	Vs	to be disappointed
13	解釋	jiěshì	N	explanation
14	後續	hòuxù	Vs	follow-up
15	來函	láihán	N	the letter which you wrote
16	困擾	kùnrǎo	V	to perplex, to trouble
17	謹	jǐn	V	on behalf of
18	敝	bì	Vs	(humble) my/our
19	誠摯	chéngzhì	Vs	sincere, cordial
20	歉意	qiànyì	N	apology
21	轉知	zhuǎnzhī	V	to transfer to
22	待	dài	V	to wait until
23	不吝	búlìn	Adv	(polite) don't be sparing
24	批評	pīpíng	V	to criticize
25	亦	yì	Adv	also

情境活動一　Situated Activity I

產品發生問題，客戶來客訴

❖ **情境描述：**
客戶來客訴。

❖ **課前作業：**
請學生先上網找一些客訴常見內容

Lesson 11

❖情境安排：

1. 老師準備客訴內容情境卡。
2. 兩個同學為一組，兩人面對面坐，每組並排坐，之後可以和別組輪流練習。
3. 一個人是賣產品的公司，一個人是客戶，客戶抽情境卡。
4. 客戶跟賣產品的公司說產品的問題，買產品的公司要回應。

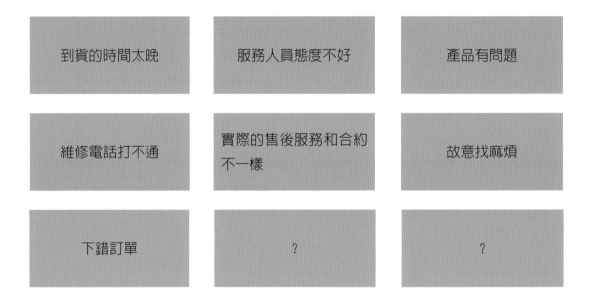

到貨的時間太晚	服務人員態度不好	產品有問題
維修電話打不通	實際的售後服務和合約不一樣	故意找麻煩
下錯訂單	？	？

❖進行方式：

1. 學生先抽情境卡，客戶和客服看一樣的情境，五分鐘想等一下要說什麼。
   （或是客戶群抽完各張情境卡，討論可以怎麼客訴；客服人員群也先就所有情境卡，討論怎麼應對，之後再開始進行活動。）
2. 兩人先自我介紹。
3. 客戶先抱怨問題。
4. 客服人員回應。
5. 客戶角色可以每組互換。
6. 客戶和客服人員角色互換。

❖ 教學示例：

我們對所造成的不便感到十分抱歉。

我們有兩種方法，一個是退貨，一個是退錢。不知道您覺得哪一個可行？

為什麼電話都打不通？

我認識你們經理。叫你們經理出來跟我談！

❖ 可使用的句式：

客戶	客服人員／負責人
抱怨： 我要投訴……。 這個產品有問題。 我想對……表達我的不滿。 合約上寫……。 為什麼……？ 你們怎麼連這個都不知道？	說對不起： 我們對造成的不便感到十分抱歉。 我們對……感到十分抱歉。 關於……的錯誤，真的十分抱歉。
要求： 我要換貨／退貨／退錢。 我覺得你們應該開除他。 請你給我一個合理的解釋。	給建議／問情形： 可以詳細告訴我是什麼情形嗎？ 您試過……嗎？ 您說是……，對嗎？ 我建議您可以先（關機／打電話／……）。 您看過使用手冊嗎？ 我們有兩種方法，一個是退貨，一個是退錢。 不知道您覺得哪一個可行？

客戶	客服人員／負責人
威脅： 我認識你們的主管。 我是你們主管的朋友。 叫你們主管出來跟我談。 如果你們不……，恐怕對你們的公司會有很大的影響。	沒辦法做到的事： 不好意思，按照公司的規定，我們沒辦法……，可是我們可以……。 抱歉，您的要求超出我們能力所及範圍，可是我們可以……。
	解決問題： 我們會馬上寄給您新的產品。 我們會全額退款。 我們以後會加強品質的控管和員工的教育訓練。 除了全額退款，我們還加送一千元折價券。

❖補充詞彙／句式：

恐怕	影響	錯誤	抱歉	不便

延伸活動　Extended Activity

小小辯論賽（角色扮演）

　　每組選一件比較有爭議的事件，一人是客戶，一人是負責人／客服人員，兩人各發表意見，並對對方反駁的意見再回應。

1. 保固時間只過期幾天，客戶覺得負責人不應該那麼計較，而負責人覺得一切要按照合約進行。
2. 客戶堅持產品問題的是賣方的錯，負責人覺得客戶自己使用不當。

❖補充詞彙／句式：

規定就是規定	不得不	競爭	退一步

情境活動二　**Situated Activity II**

客戶服務

❖ **情境描述：**

好的服務經驗分享。

❖ **課前作業：**

老師給幾個服務項目（例如：搭機、買產品售後服務等），讓學生先回家想好覺得很好的服務經驗。

❖ **情境安排：**

3 到 4 個人一組，分享討論。

❖ **教學示例：**

Lesson 11

❖進行方式：

1. 老師在上一堂課先說自己好的服務經驗，說明一次給學生看。跟同學討論還有什麼項目。
2. 三人一組先各自分享自己的經驗，並也填寫問卷。
3. 三人討論為什麼這些事情讓他們覺得這是很好的服務。
4. 向全班發表，除了講述事件，也要說明原因。其他同學一邊聽，一邊填寫問卷，最後計算總分，看大家覺得哪一個案例服務成績最高，並討論原因。

❖問卷如下：

滿意程度 0 到 5 分。

總項	細項	案例一	案例二	案例三	案例四	案例五
空間環境	指示牌					
	容易找到相關人員					
	乾淨					
	人員位置設施配置					
	總分					
人員態度	微笑					
	語氣溫柔					
	用詞客氣					
	願意反覆解答					
	有專業知識					
	總分					
問題解決	提供適合的管道客訴					
	溝通協調能力					

總項	細項	案例一	案例二	案例三	案例四	案例五
	能馬上了解客人問題					
	處理效率高					
	後續追蹤					
	能互相幫忙同仁，更快解決問題					
	總分					
速度／時間	等待時間合理					
	提供簡便的作業流程					
	多種申辦管道					
	總分					
其他						
	總分					

延伸活動　**Extended Activity**

好的客戶服務特質

　　按照大家發表的內容和問卷的內容，請學生綜合出幾個客戶服務的基本特質。

❖ **進行方式：**

　　1.將學生 3 到 4 人分成一組。

2.大家用問卷的結果，討論出好的客戶服務的幾項特質。

3.寫出特質，還要寫出特質的例子。

4.各組向全班發表。

第十二課　洽談生意 🎧
Lesson 12　Business Discussion

對話　Dialogue

安卡拉：外國人，在臺灣找適合的產品，賣到其他國家。

陳文雄：臺灣人，臺灣工廠的業務。

情境：安卡拉的公司在網路上看到明成公司的產品資訊，對他們的產品有興趣，所以打電話詢問，明成公司的業務今天親自來拜訪。

陳文雄：您好，我是明成公司的業務專員陳文雄，上個星期跟貴公司通過電話，貴公司表示對我們公司的產品有興趣，所以我帶了產品目錄和樣品來。

安卡拉：你好，謝謝你過來。我是安卡拉，負責商品採購，今天由我代表公司來跟你談。

陳文雄：好的。根據你們公司提到的需求，我們整理出這幾種產品。再跟您確認一下，你們想找充電速度快、容量大、重量又輕的行動電源，是嗎？

安卡拉：對，我們調查了年輕人的消費習慣，最近幾年行動電源的需求量增加了。再加上出國旅行的人變多，好帶、持久很重要。

陳文雄：那麼，您可以參考 A 產品，不但重量輕，充電速度和容量也比一般的好。要是對樣式比較不講究，B 產品功能差不多，但價格低了一點。

安卡拉：的確，外型很不一樣。除了這兩種，還有其他選擇嗎？

陳文雄：有的，這是 C 產品，外型比較活潑，容量雖然沒 A 跟 B 的大，不過比較輕，年輕人應該會喜歡。

安卡拉：你說明得很清楚，但是為什麼你們的產品價格比其他公司的高得多？

陳文雄：主要是我們的設計和材質都很講究，但是如果買的數量夠多，價格還可以再討論。

安卡拉：我了解了，請把這些目錄和樣品留下來，公司內部討論後，會再跟你聯絡。

生詞與短語一 🎧 Vocabulary and Phrases I

編號	生詞	拼音	詞性	英文意思
1	工廠	gōngchǎng	N	factory
2	業務	yèwù	N	sales
3	詢問	xúnwèn	N	inquiry
4	通	tōng	V	to call
5	表示	biǎoshì	V	to mean, to express
6	目錄	mùlù	N	catalogue
7	採購	cǎigòu	V	to purchase
8	代表	dàibiǎo	V	to represent, to stand for
9	整理	zhěnglǐ	V	to sort out, to organize
10	充電	chōngdiàn	V	to charge
11	速度	sùdù	N	speed
12	容量	róngliàng	N	capacity
13	行動電源	xíngdòng diànyuán	N	portable charger
14	持久	chíjiǔ	Vs	long-lasting, enduring
15	樣式	yàngshì	N	style
16	的確	díquè	Adv	indeed
17	外型	wàixíng	N	appearance
18	活潑	huópō	Vs	lively
19	設計	shèjì	N	design
20	材質	cáizhí	N	material
21	數量	shùliàng	N	quantity
22	內部	nèibù	N	inside, within

Lesson 12

句型　　Sentence Patterns

一、由 S（來）＋ VP　　to be in charge of ...

由是介詞，後面加上做事的人（主詞）和動詞，強調這件事主要負責或行動的人。要做的事（受詞）常在「由」之前，當主題。例如：O ＋由 S（來）＋VP。

由 is a preposition, which is followed by a subject and a verb. This construction is used to emphasize that someone is in charge or responsible for something. The thing to be done (object) is often placed in front of 由 as a topic, following the pattern O ＋ 由 S（來）＋ VP.

➢ 今天由我代表公司來跟你談。

➢ 這次的活動由陳先生負責，你有問題可以問他。

練習一：替換句子：ＳＶＯ→Ｏ由ＳＶ

1.陳先生負責這次的活動。→這次的活動由陳先生負責。

2.林小姐設計這次的商展廣告。→＿＿＿＿＿＿＿＿＿＿＿＿＿。

3.我跟您確認樣品的數量。→＿＿＿＿＿＿＿＿＿＿＿＿＿。

4.小李負責這次租場地的事情。→＿＿＿＿＿＿＿＿＿＿＿＿＿。

練習二：如果你的班上同學是你的同事，今天要辦一個商展，由你來負責安排大家的工作內容，你覺得由誰來做什麼事比較適合？為什麼？請你說一說。

◎商展工作內容：租場地、設計商展廣告、顧攤子（介紹產品、公司）、展覽會場拍照存檔……（老師可引導學生討論有哪些工作內容）

例：我覺得由 XXX 來設計商展廣告，因為他有美術的天分，還有他是一個有創意的人，所以我覺得商展廣告由他來設計最適合。

二、再加上　In addition, besides

「再加上」常用來說明評論的原因。前文提過的特性或情況，加上「再加上」所補充的特性或情況，用來強化後面所說的評論或事件的原因。

再加上 is followed by comments or reasons which add additional details to the part that comes before 再加上 .

> 最近幾年行動電源的需求量增加了，再加上出國旅行的人變多，好帶、持久很重要。

> 這顆行動電源容量大、充電速度快，再加上外型活潑，所以年輕人很喜歡。

練習：回答問題

1.A：你不是今天要去海邊玩嗎？怎麼不去了？

B：_____。

2.A：為什麼最近這裡蓋了那麼多的工廠？

B：_____。

3.A：這個行動電源很好用嗎？為什麼那麼多年輕人買？

B：_____。

三、不但……，也……　not only ... but also ...

「不但……，也…… 」表示不只是「不但」後面的情形，還有「也」後面的情形。主語的位置有兩種，一種是主語相同的時候，主語放在「不但」前面。主語不同的時候，主語在「不但」後面，「也」的前面。

This construction can be used with either one or two subjects. In the former case, the subject comes before 不但 , while in the latter case the first subject comes before 不但 and the second subject comes before 也 .

> 您可以參考 A 產品，不但重量輕，充電速度和容量也比一般的好。

> 這支手機不但功能很多，也很便宜。

> 我們的產品不但外型好看，材質也很好。
> 這次的商展，不但我們要參加，總經理也會到。

練習：合併句子

1. 李小美很漂亮。

　李小美很聰明。

　→ _____ 。

2. 這個行動電源的外型好看。

　這個行動電源的重量很輕。

　→ _____ 。

3. 小陳喜歡看棒球比賽。

　小陳打棒球打得很好。

　→ _____ 。

閱讀材料　**Reading Materials**

	🌸 產品報價單					
收件者	林美美 力學外商有限公司 300 新竹市東區光復路一段 9 號 03-2213879					
銷售人員	職稱	交貨方式	交貨條件	交貨日期	付款條件	到期日
張文雄	業務經理	空運	按照力學 外商公司規定	2030/1/15	貨到付款 匯款	2030/2/28

貨號	說明	單價	折扣	數量	項目合計
1367893	○○行動電源	2000	1800	1000	1800000
	運費	1000	1000	1	1000
			小計		1801000
			銷售稅		5000
			合計		1806000

問題與討論：

1. 要怎麼運貨？怎麼給錢？
2. 最後的合計價格包括了什麼東西？
3. 這張報價單在幾月幾日前有效？

生詞與短語二 🎧　Vocabulary and Phrases II

編號	生詞	拼音	詞性	英文意思
1	報價單	bàojià dān	N	quotation
2	交貨	jiāohuò	V	to deliver goods
3	付款	fùkuǎn	V	to pay
4	到期日	dàoqí rì	N	expiration date, expiry date
5	貨號	huòhào	N	item number
6	單價	dānjià	N	unit price
7	運貨	yùnhuò	V	to ship
8	包括	bāoguā	V	to include

情境活動一　Situated Activity I

說明與產品介紹

❖ **情境描述：**

現在你在客戶的公司，要跟他介紹你的產品。

❖ **課前作業：**

請學生先決定好至少三種同種產品，並決定好產品功能和特性。也可以拿實際有的商品來當例子。準備簡單的產品目錄，可以自己畫或是上網找圖片。

可以先畫 SWOT 表讓自己更懂產品。

★ **例：** SWOT 表 -00 手機

	Helpful 對達成目標有幫助的	Harmful 對達成目標有害的
Internal 內部（組織） attributes of the organization	Strengths：優勢	Weaknesses：劣勢
	例：成本低，可以大量生產 　　電池續航力更強	例：產品需求量多，但人力不足
External 外部（環境） attributes of the environment	Opportunities：機會	Threats：威脅
	例：良好的「3C 市場環境」 　　偶像劇的影響	例：消費者喜好變化大 　　其他公司削價競爭

❖ **情境安排：**

　　1. 兩個同學為一組，兩人面對面坐。

　　2. 一個人是業務員，一個人是代銷商／客戶。

　　3. 業務員跟代銷商／客戶介紹產品，代銷商／客戶問問題。

❖ **進行方式：**

　　1. 兩人先自我介紹，給名片。

　　2. 業務員先簡單地說明介紹產品。

3.代銷商／客戶問問題（對產品的功能問問題、比較……）。

4.業務員與代銷商／客戶角色互換。

❖**教學示例：**

這個產品的特色是什麼？

這個東西不但重量輕，充電速度也很快。

我看過○○公司的目錄，他們的××跟你們這個很像，可是價格比你們低，這是為什麼？

雖然看起來很像，可是重量輕了兩倍，也更薄，用的人更方便帶，這就是我們的貼心設計。

Lesson 12

❖ 可使用的句式：

業務	代銷商／客戶
產品的說明： 這個東西的功能有……，可以……。 如果您要……功能，您可以看看這款產品，它的……，符合您的需求。 這是一款經典的男性手錶。 這是用目前最先進的科技。	對產品的一般問題： 這個產品的功能是什麼？ 這個按鈕的功能是什麼？ 這個產品的特色是什麼？ 這個產品的外型、重量……？
給建議： 您是不是會有……的問題？我們產品可以幫您解決這個問題。 因為這是最新產品，所以現在比較便宜，過幾個月以後，價格可能不同。 比較所有的事情以後，我覺得這是對您最好的產品。	直接說出自己想要的： 我要找有比較輕／外型比較小的產品，你們有這樣的產品嗎？ 這個產品的重量輕嗎？
比較，給選擇： 這是目前全國第一個可以……的產品。 如果您要……功能，您可以看看這款產品，如果您要……功能，您可以看另一款產品。 雖然看起來很像，可是重量輕了兩倍，也更薄，用的人更方便帶，這就是我們的貼心設計。 這是目前最……的產品。	比較： 這一款和那一款比起來，有什麼不一樣？ 其他款沒有你說的這些功能嗎？ 我看過 OO 公司的目錄，他們的 XX 款跟你們這款很像，可是價格比你們低，這是為什麼？ 今年跟去年比起來，好像貴了 2%？

❖ 補充詞彙／句式：

符合	經典	款	貼心	優惠	功能

情境活動二　Situated Activity II

議價

❖ **情境描述：**

現在代銷商／客戶要和業務討論價格和數量，代銷商／客戶希望可以便宜一點，業務想要跟原本一樣的價格。

❖ **課前作業：**

每位學生先決定好練習時要用的產品價錢，學生準備好簡單的產品圖示（也可以在課堂上畫）。

❖ **情境安排：**

兩個人一組，面對面坐。

❖ **教學示例：**

這是我們的新設計，品質和設計都提升了不少，成本也跟著提高，所以我們只好適當地提高價格。

這個價錢，我的主管恐怕不會同意。

為什麼今年的價格比去年提高了一些？

我們合作了那麼多年，是不是可以給一點折扣？

❖ **進行方式：**

　　1. 一位學生是業務，一位學生是代銷商／客戶。

　　2. 桌上放著產品圖片。

3. 代銷商／客戶請業務先說多少錢，業務需要說明這個價格有什麼東西，開始議價。
4. 業務員與代銷商／客戶角色互換，可以同組互換，或是跟其他組換。

❖ **提問內容與補充詞彙／句式：**

代銷商／客戶	業務
比較以前跟現在的價格： 今年跟去年比起來，好像貴了 2%？	說明成本變高的原因： 因為材料價格上漲、新的設計、品質提升……，所以我們只好適當地提高一點價格。
抱怨價格： 就算這樣，還是有一點貴。 我們的預算是一個 100 元，這樣的價格高過我們的預算太多。	強調產品的好，給數據： 我們的產品在市場上是很有國際競爭力的。 這是全新設計，有……功能，是現在其他產品沒有的。 我們的產品很受……歡迎，去年賣了……個。
強調合作很久的關係： 我們合作了那麼多年，是不是可以給一點折扣？ 我們是老客戶了，是不是可以……	拿主管／公司／成本當理由： 這個折扣太大了，我的主管可能不會同意。 這樣的價格幾乎跟成本一樣低，我們會賺不了錢。
說出想要的折扣： 因為……，可不可以給我們 5% 的折扣。 因為……，可不可以一個算 100 元？ 如果……，可以不用運費嗎？	有條件的折扣： 如果貴公司買 1000 個以上，我們可以給您 95 折的折扣。 如果貴公司能在 1 個月以內付款，我們可以給您 95 折的折扣。 如果要同意這件事，可能要請您放棄其他想法。

代銷商／客戶	業務
比較市場價格、表示有其他賣家： 上個月我們詢問其他公司，他們的價格大部分都比貴公司便宜 3% 到 5%。	跟其他公司交易情形： 上個月我們跟一家美國公司合作，也是用這樣的價格。 之前我們跟一家日本公司合作，後來他們又追加了⋯⋯個。
用數量／時間來討論價錢： 我們一次買 3000 個，價格可以便宜一點嗎？ 我們在 1 個月內付錢，方便再給我們一點折扣嗎？ 如果每年買到一定的數量，可以給我們折扣嗎？	不清楚的回答： 這個部分，我可能得再回去跟老闆討論以後，才能告訴您。 我得先跟老闆說明一下這樣的情形。

❖補充詞彙／句式：

折扣	運費	追加	預算	國際競爭力	訂單

延伸活動　Extended Activity

客戶壓低價格，你要怎麼跟他討論

客人的情形

1. 一直說價格太貴，說自己的預算不夠。
2. 說自己是新客戶，應該要給他們一些折扣。
3. 表示有其他家公司也在跟他們談，如果你們不打折，他們要選擇其他公司。

❖補充詞彙／句式：

看情況	不得不	競爭	退一步

第十三課　國際貿易
Lesson 13　International Trade

對話　**Dialogue**

Lesson 13

趙雨芬：上海萬飛企業出口部的職員
李維：臺北永方貿易公司的業務專員

趙雨芬：喂！您好。這裡是上海萬飛企業出口部。

李維：你好，我是永方貿易公司的業務專員李維。上個月我們訂的貨已經到了，但是在海關驗收時，發現有近一成的貨物毀損。我剛剛已經把毀損商品的照片發給妳了，請妳確認一下。

趙雨芬：照片我收到了。不過運送過程中若有貨物毀損的情況，風險應該是由航運公司那邊承擔。

李維：我們已經向航運公司反映了，可是他們堅持運送過程沒有疏失，反而要求你們那邊提出裝箱時貨物完好無缺的證明。

趙雨芬：我知道了。我們在出貨時都依規定錄影存證了，我現在就去跟管理部門調閱檔案，再寄給您。

〔兩個小時後〕

趙雨芬：喂！李先生，真抱歉，經過調查，這次的確是我們這邊工廠趕工造成的瑕疵。

李維：怎麼會這樣？就算趕著出貨，品管還是得做好啊！

趙雨芬：對不起，這種情況是第一次發生。我們會立刻召開檢討會議，下一批貨絕對不會有同樣的問題。

李維：那麼，根據合約規定，我們有權向你們提出賠償的要求。

趙雨芬：當然，我們會依毀損的商品數量重新出貨給您，並且賠償貴公司因供貨不及而產生的損失。

李維：你們是很有誠信的公司，我相信這件事會圓滿解決的。

趙雨芬：謝謝您的諒解，我一定會盡快處理好。

生詞與短語一 🎧 Vocabulary and Phrases I

編號	生詞	拼音	詞性	英文意思
1	出口	chūkǒu	N	export
2	海關	hǎiguān	N	customs
3	驗收	yànshōu	V	to inspect upon delivery
4	毀損	huǐsǔn	V	to damage
5	運送	yùnsòng	V	to transport
6	過程	guòchéng	N	process
7	情況	qíngkuàng	N	situation, circumstances
8	風險	fēngxiǎn	N	risk
9	承擔	chéngdān	V	to bear, to undertake
10	航運	hángyùn	N	shipping
11	堅持	jiānchí	V	to insist on
12	疏失	shūshī	N	negligence
13	完好無缺	wánhǎo wúquē		perfect
14	證明	zhèngmíng	N	proof
15	出貨	chūhuò	V	to ship, to deliver
16	錄影存證	lùyǐng cúnzhèng		recorded evidence
17	調閱	diàoyuè	V	to retrieve a file
18	趕工	gǎngōng	V	to work hard to meet a deadline
19	瑕疵	xiácī	N	defect
20	品管	pǐnguǎn	N	quality control
21	檢討	jiǎntǎo	V	to review, to examine
22	絕對	juéduì	Adv	absolutely
23	賠償	péicháng	V	to compensate
24	重新	chóngxīn	Adv	again, anew

編號	生詞	拼音	詞性	英文意思
25	供貨不及	gōnghuò bùjí		in short supply
26	損失	sǔnshī	N	loss
27	誠信	chéngxìn	N	Integrity
28	圓滿	yuánmǎn	Vs	satisfactory, perfect
29	諒解	liàngjiě	N	understanding
30	盡快	jìnkuài	Adv	as soon as possible
31	處理	chǔlǐ	V	to deal with

句型　Sentence Patterns

一、反而　instead, on the contrary

「反而」通常連結兩個分句，表示事情沒有按照本來的想法發展，而是往相反的方向發展。在前面的分句如果表示沒發生的情況，常加上「不但」。

反而 joins two clauses. The clause after 反而 indicates the occurrence of something which was opposite of the speaker's expectations. If the statement in the clause preceding 反而 did not happen, it is often paired with 不但 to add emphasis.

➢ 我們已經向航運公司反映了，可是他們堅持運送過程沒有疏失，反而要求你們那邊提出裝箱時貨物完好無缺的證明。

➢ 王先生一天只吃一餐，結果不但沒變瘦，反而胖了。

➢ 我想幫忙，可是一不小心，反而讓情況變得更糟了。

練習：完成句子

1.經濟情況變好了，可是工作機會沒有增加，＿＿＿＿＿＿＿＿＿＿＿＿。

2.他被罵以後，不但沒有反省，＿＿＿＿＿＿＿＿＿＿＿＿＿＿＿。

二、就算……還是……　even if ... still ...

「就算……還是……」包括兩個分句。第一分句表示說話者認爲不太可能發生或發生了也不會改變事實的假設，第二分句是如果有前述的情況，仍然不會改變的事。

就算…還是… includes two clauses. The clause after 就算 is a hypothetical statement which the speaker feels is unlikely to be realized. However, if the hypothetical were to actually be realized, the fact stated in the clause after 還是 will not be changed.

➤ 就算趕著出貨，品管還是得做好啊！
➤ 就算家人不同意，他還是要跟女朋友結婚。
➤ 就算雨下得很大，你還是得上班。

練習：完成句子

1.父母對孩子的愛很深，＿＿＿＿＿＿＿＿＿＿＿＿＿＿＿＿＿＿＿。

2.這個工作非常重要，＿＿＿＿＿＿＿＿＿＿＿＿＿＿＿＿＿＿＿。

三、向 + NP + VP　towards NP + VP

「向」是介詞，其後的賓語是動作的對象。主事者和位於介詞後的涉事者之間常具有下和上，或單獨和群體的關係，常用來表述請求、說明、報告、致意等事件。

向 is a preposition. It is preceded by an agent and followed by a NP which is the recipient of the action. The agent and the recipient usually have a superior-subordinate or individual-group relationship. The VP often involves a request, explanation, report, or greetings.

➤ 根據合約規定，我們有權向你們提出賠償的要求。
➤ 這件事的確是你錯了，你應該向他道歉。
➤ 下午的會議很重要，如果你要請假，得先向主管報告原因。

Lesson 13

練習：完成句子

1.離開以前，他揮手_____。

2.他_____這些問題他一定會馬上處理好。

四、因……而……　　because ...

「因……而……」常用來表述因果。先以簡短、附加的方式說明原因，可以是名詞或短語，「而」後接動詞或動詞短語，表示結果。

因…而… is used to express cause and effect. 因 is usually followed by a noun or phrase to succinctly explain the reason. 而 is followed by a verb or a verb phrase to indicate the result.

➢ 我們會依毀損的商品數量重新出貨給您，並且賠償貴公司因供貨不及而產生的損失。

➢ 最後一班火車因颱風而停開了，我們只好坐計程車回家。

➢ 這個問題是因我而發生的，我當然必須負責解決。

練習：完成句子

1.一次失敗不算什麼，希望你不要放棄。

→ _____。

2.他的感冒很嚴重，沒辦法參加面試。

→ _____。

閱讀材料　　Reading Materials

臺幣貶值創 18 個月新低

受到臺股下跌、外資匯出、國際美元彈升等影響，近期新臺幣產生大幅度波動，昨日又重貶 9.6 分，兌美元匯率收盤以 29.912 元作收，創下 18 個月以來的新低。

　　貨幣貶值對國際貿易有什麼影響？以電腦公司為例，去年出口一部定價 1000 美元的筆記型電腦，約可換成臺幣 27,000 元；現在臺幣貶值了，同樣的 1000 美元可換成臺幣 30,000 萬元，公司就享有匯差，或是可以考慮調降美元報價，使產品在國際市場上更有競爭力。因此，貨幣貶值對出口來說非常有利。但如果貶值太多，就會造成國內進口商品物價上漲，甚至影響國內的經濟情況。

生詞與短語二 🎧　Vocabulary and Phrases II

編號	生詞	拼音	詞性	英文意思
1	臺幣	táibì	N	Taiwan dollar
2	貶值	biǎnzhí	V	to devalue, to depreciate
3	創	chuàng	V	to hit a record
4	下跌	xiàdié	V	to fall, to drop
5	外資	wàizī	N	foreign investment
6	匯出	huìchū	V	to remit
7	彈升	tánshēng	V	to rebound, to bounce back
8	幅度	fúdù	N	amplitude, range, extent
9	波動	bōdòng	N	fluctuation
10	重	zhòng	Adv	dramatically
11	兌	duì	V	to convert, to exchange
12	匯率	huìlǜ	N	exchange rate
13	收盤	shōupán	N	market close, closing quotation
14	作收	zuòshōu	V	to close
15	貨幣	huòbì	N	currency
16	影響	yǐngxiǎng	N	influence, effect
17	定價	dìngjià	N	pricing

編號	生詞	拼音	詞性	英文意思
18	約	yuē	Adv	about, approximately
19	換	huàn	V	to exchange
20	匯差	huìchā	N	foreign exchange rate difference
21	考慮	kǎolǜ	V	to consider
22	調降	tiáojiàng	V	to downgrade
23	競爭力	jìngzhēnglì	N	competitiveness
24	有利	yǒulì	Vs	favorable, beneficial, advantageous
25	進口	jìnkǒu	N	import
26	上漲	shàngzhǎng	V	to rise, to go up
27	經濟	jīngjì	N	economy

情境活動一　Situated Activity I

❖ **情境描述：**

公司的主管想知道你的國家最近的匯率走勢，所以要求你準備一場簡報。

❖ **課前作業：**

由教師介紹數個可查詢匯率的銀行網站，讓學生練習操作後，查詢自己國家的匯率走勢圖。如有多個學生來自同一個國家，則分別指定三個月／半年／一年／兩年……的走勢。

❖ **情境安排：**

將課桌椅排成ㄇ字形，報告學生站在講臺上。教師扮演主管，坐在報告學生的正前方，其他同學則扮演同事，坐在兩側。

❖ **進行方式：**

1. 請學生用教室的電腦上網查詢臺幣兌自己國家貨幣的匯率。
2. 將查到的圖表投影在教室前方。
3. 學生向大家報告最近三個月／半年／一年／兩年來的走勢，並說明現在的情況是有利於出口還是進口。

❖ 教學示例：

　　從去年五月到年底，臺幣兌美金匯率的浮動較小，但是從今年一月起大幅度下降，到四月才開始回升。按目前的走向，未來美金可能繼續升值，將是不錯的出口時機。

❖ 補充詞彙：

浮動	反彈	回升	回落	低點	走向

延伸活動　Extended Activity

選擇貿易夥伴

　　請學生兩人一組，成立一家臺灣的貿易公司，並從教師預先製作好的籤筒中抽選兩個國家，查詢匯率以後選擇其中一個國家作為貿易夥伴，向大家報告要對其進口還是出口商品，以及原因。

Lesson 13

情境活動二　Situated Activity II

❖ **情境描述：**

你的公司跟臺灣的一家貿易公司是商業夥伴，現在你要為公司提出下一季的進出口商品建議，不過你不太清楚這些商品在進出口臺灣時有哪些規定，你必須查清楚並向公司主管報告。

❖ **課前作業：**

請學生先上網查詢「中藥」和「豬肉」，並把查詢到的結果截圖寄給教師，以確認學生的查詢方式是否正確。

❖ **情境安排：**

將課桌椅排成ㄇ字形，報告學生站在中間。教師扮演主管，坐在報告學生的正前方，其他組的同學則扮演同事，坐在兩側。

❖ **進行方式：**

1. 請學生依國別或洲別分組，每組成立一家貿易公司並命名。
2. 以臺灣為貿易夥伴，各組討論之後，決定進口及出口商品各 1 到 3 種。
3. 使用電腦或手機，上經濟部國際貿易局的貨品分類及輸出入規定網站（https://fbfh.trade.gov.tw/rich/text/indexfh.asp）查詢相關規定。
4. 將查到的資料整理好，向主管與同事報告，如果要進出口這些商品必須遵守哪些規定。

❖ **教學示例：**

要是想進口中藥，必須附上廠商的執照影本，或是政府發的藥品製造許可證影本。如果是中藥粉末，應該附上政府發的藥品製造許可證影本或是同意文件。貨品名稱應該寫清楚，包括中藥的正式名稱、是藥材還是藥粉，如果這種中藥不是乾的而是新鮮的，就不需要遵守這項規定。

輸入規定代號說明	
代碼 （Code）	502
中文 （Chinese）	進口乾品：（一）應檢附中藥商執照影本或衛生福利部核發之藥品製造許可證影本。（二）進口粉末貨品，應另檢附衛生福利部核發之藥品許可證影本，或衛生福利部核發之同意文件。（三）貨品名稱應載明中文本草名及中藥材或中藥粉。進口非乾品，不受前述之限制。
英文 （English）	For importing dry goods: (1)A photocopy of business license for dealing with Chinese medicine (or pharmaceutical manufacturing license issued by the Ministry of Health and Welfare) is required. (2)Importing powder goods should be attached a photocopy of the drug license issued by the Ministry of Health and Welfare. (3)Commodity description shall indicate the specific name in Chinese and Chinese medicine materials or Chinese medicine powder. The above regulations do not apply to importing non-dry goods.

延伸活動　**Extended Activity**

　　各組學生必須為一項進出口貨物投保貨運險，請討論下面這張投保單的各個項目並完整填寫。

仁捷運通保險代理有限公司

國際貨物運輸投保單

Tel: 0000-000-000	E-mail: renjie@xxxx.com	Fax: 0000-000-000

地址：新竹市清華路 1 號

投保人 Insurance applicant：

* 被保險人 Insured：

* 發票號／提單號 Invoice No./B/L. No.：

* 標記： Marks & Nos：	* 包裝與數量： Packing & Quantity：	* 貨物名稱： Description of Goods：
* 幣種與保險金額： Curreacy & Amount insured：	加成率： Addtion rate：	總保險金額： Total Amount Insurec：

* 起運日期 Sigen or abt.：	* 裝載運輸工具 Per converance 5.5：
* 運輸路線：自 From：　　　中轉地 via：　　　至 To：	

是否有信用證要求：
是否有賠款償付地點要求：
其他要求：

投保聲明：

1. 本投保人茲聲明上述各項內容真實有效。

2. 保單生效具體日期以已生效的保單所顯示的具體日期為準。

3. 確認投保貨物運輸保險後，不得申請退保或以任何理由註銷。

4. 本投保人已詳細閱讀《保險條款》，並特別就條款中有關【責任免除】及【特別約定】、投保人、被保險人義務的內容進行閱讀並了解，本投保人特此同意接受條款全部內容。

日期：	* 投保人簽章：

注：帶 * 號為必填項

第十四課　商務談判 🎧
Lesson 14　Business Negotiation

對話　**Dialogue**

Lesson 14

吳天欣：供應商代表
李承業：零售商業務

李承業：吳小姐，最近市場上的價格浮動比較大，我們公司派我來
談談下一季產品的供應價格。

吳天欣：我們給的都是底價了，實在沒辦法再降價了。

李承業：我們已經是長期的合作夥伴了，下一季的訂單金額很可觀，
我們希望能爭取百分之十的折扣。

吳天欣：你們知道這項產品的生產作業有多複雜嗎？要是再打折，
我們根本沒有利潤。

李承業：非常抱歉，但是我們公司得考慮很多因素。如果您能提供
折扣，我們將預付三成的貨款。

吳天欣：不行！要是再給百分之十的折扣，根本連成本都不夠，不
是付款時間的問題，沒有人會做賠本的生意。

李承業：因為目前的市場競爭實在很激烈，我們得強調產品的性價
比。只有零售價格低一些才能賣出更多產品，我們也會向
您購進更多產品。

吳天欣：你們少抽一些佣金就好了！總之，我們公司供應的底價不
能再低了。

李承業：若是這樣，我們只好找別的供應商了。

吳天欣：按這個價格，你們絕對找不到這麼好的產品。很可惜，我
們也只好找別的零售商了。

生詞與短語一 🎧 Vocabulary and Phrases I

編號	生詞	拼音	詞性	英文意思
1	浮動	fúdòng	V	to float, to fluctuate
2	供應	gōngyìng	V	to supply
3	底價	dǐjià	N	minimum price, base price
4	夥伴	huǒbàn	N	partner
5	可觀	kěguān	Vs	considerable, impressive, appreciable
6	爭取	zhēngqǔ	V	to strive for, to fight for
7	項	xiàng	M	measure word for item
8	複雜	fùzá	Vs	complex, complicated
9	打折	dǎzhé	V	to give a discount
10	利潤	lìrùn	N	profit
11	因素	yīnsù	N	factor, reason
12	預付	yùfù	V	to prepay
13	貨款	huòkuǎn	N	payment (for goods)
14	賠本	péiběn	V	to run at a loss, to incur a loss
15	性價比	xìngjiàbǐ	N	price-performance ratio, cost-performance ratio
16	零售	língshòu	N	retail
17	購	gòu	V	to purchase
18	佣金	yōngjīn	N	commission
19	按	àn	V	on the basis of

Lesson 14

句型　Sentence Patterns

一、要是　if; suppose ...

表示一種假設（suppose）的狀況發生時的可能結果，「要是」可放在主語（Subject）的前面或後面，結果句常和「就」連用。

要是 is followed by a hypothetical situation. The subject can be placed before or after 要是 . The sentence expressing the result of the hypothetical situation often includes 就 .

➤ 要是再打折，我們根本沒有利潤。

➤ 要是你不能來開會，請提早打電話來通知我們。

➤ 明天要是下雨，經理就不去臺中了！

練習：完成句子

1.要是你能在星期五以前送出這份計畫，＿＿＿＿＿＿＿＿＿＿＿＿＿＿＿。

2.＿＿＿＿＿＿＿＿＿＿＿＿＿＿＿＿＿＿＿＿，我就扣你的薪水。

3.要是你看到我姊姊，＿＿＿＿＿＿＿＿＿＿＿＿＿＿＿＿＿。

二、根本　(not) at all, absolutely (not)

「根本」在這裡指「完全（全然）、始終」的意思，常接否定短語，用來否定聽話者的預期。

根本 is usually followed by a negative phrase to negate listeners' expectations and express that something is absolutely or not at all the case.

➤ 要是再打折，我們根本沒有利潤。

➤ 那個地方我根本沒去過。

➤ 記者已經澄清了那篇緋聞，根本就是一場誤會。

練習：完成句子

1.你別再問了，他＿＿＿＿＿＿＿＿＿＿＿＿＿＿＿＿＿＿＿。

2.這個案子＿＿＿＿＿＿＿＿＿＿＿＿＿＿＿＿＿＿，請不要指責我。

3.我的同事這幾天神神祕祕的，＿＿＿＿＿＿＿＿＿＿＿＿＿。

三、多 Vs（啊）how ...

用「多」表達感嘆（exclamation），加強形容的程度。「多」在這裡應讀做「duó」。

多 is used as part of an exclamation which intensifies the adjective. 多 is pronounced as "duó" in this pattern.

➤ 這項產品的生產作業有多複雜？

➤ 這間公司的環境有多好？你來看看就知道了。

➤ 今年夏天特別熱，大家開玩笑說「要多熱就有多熱」。

練習：完成句子

1.你看這風景＿＿＿＿＿＿＿＿＿＿＿＿＿＿＿！

2.每天都有做不完的事，＿＿＿＿＿＿＿＿＿＿＿。

3.他終於知道自己對公司來說有＿＿＿＿＿＿＿＿＿。

四、只有……才……　only if ... can ...

前後兩句是相關聯的，表示必須完成或滿足的前一句的條件，此條件也是唯一的條件，能得到後一句的結果。

The clauses following 只有 and 才 are related. The part after 只有 is the only condition which must be completed or satisfied in order to obtain the result expressed after 才.

➤ 只有零售價格低一些才能賣出更多產品。

➤ 只有把成本壓低，我們才能賺更多的錢。

➤ 只有多練習，才能說得一口流利的中文。

練習：完成句子

1. ＿＿＿＿＿＿＿＿＿＿＿＿＿＿＿＿＿＿＿＿＿＿＿＿，才能受人歡迎。

2. ＿＿＿＿＿＿＿＿＿＿＿＿＿＿＿＿＿＿＿＿＿＿，才不會受人指使。

3. 只有大家同心協力，＿＿＿＿＿＿＿＿＿＿＿＿＿＿＿＿＿＿＿。

閱讀材料：談判者類型　Reading Materials

你是哪一種類型的談判者？

我是／我覺得／我認為……	完全是	大部分	有時候	很少	從沒有
1. 我和對方都有表達和反對的權利	5	4	3	2	1
2. 意見沒有對或錯，只是立場不同而已	5	4	3	2	1
3. 談判的時候，我只想趕快解決自己的問題	5	4	3	2	1
4. 如果有一方錯誤了，另一方就一定正確	5	4	3	2	1
5. 談判時，焦點放在雙方需求上	5	4	3	2	1
6. 釐清彼此的目標並分析問題之後，才能開始談判	5	4	3	2	1
7. 被指出錯誤的時候，自尊心容易受傷害	5	4	3	2	1
8. 以要求、威脅或隱藏資訊達成談判目的	5	4	3	2	1
9. 談判結果會影響其他重要交易	5	4	3	2	1
10. 如果我反對對方，對方可能會生氣或不開心	5	4	3	2	1

攻擊型談判者（24 分以下）
你比較容易生氣或報復，談判的時候總是搶奪主導權。

協調型談判者（25 分～39 分）
你希望能幫助雙方解決問題、尋求合理的方案，也會積極找出雙方的共識。

妥協型談判者（40 分以上）
你比較容易著急或焦躁，因為擔心破局而不敢提出對自己有利的方案。

生詞與短語二 🎧 Vocabulary and Phrases II

編號	生詞	拼音	詞性	英文意思
1	方	fāng	N	side
2	立場	lìchǎng	N	position, viewpoint
3	焦點	jiāodiǎn	N	focus
4	釐清	líqīng	V	to clarify
5	自尊心	zìzūnxīn	N	self-esteem
6	威脅	wēixié	V	to threaten
7	隱藏	yǐncáng	V	to hide
8	攻擊	gōngjí	V	to attack
9	報復	bàofù	V	to revenge, to make reprisals
10	搶奪	qiǎngduó	V	to snatch, to wrest
11	共識	gòngshì	N	consensus
12	妥協	tuǒxié	V	to compromise, to concede
13	焦躁	jiāozào	N	anxiety
14	破局	pòjú	V	to collapse, to break down without any agreement

情境活動一　Situated Activity I

提升你的說服力

❖ 情境描述：

進行商務談判時，最重要的是如何清晰、簡潔、有力的傳達訊息，因此，現在請以一則切身相關的議題，透過討論、分析、了解不同立場的過程，完成一篇文章或一段演講，提升你的表達力和說服力。

❖ 課前作業：

由教師提出與學生工作背景相關的商務議題，例如：「競爭產業合作的優缺點」、「電子商務的安全性與問題」、「自由貿易不收關稅」、「對國家

徵收奢侈稅的看法」、「外國人在異地尋找工作的政策」等，此項議題著重在學生語言練習與完整敘述立場，可以設定支持或反對的雙方立場，抑可是開放的多方立場（不限定兩方）。

確認學生對該項議題有不同立場反映後，即可展開討論會議。

❖ **情境安排：**

依學生組別分為數個區塊，便於彼此討論。

❖ **進行方式：**

1. 設定議題、依立場分組。
2. 各組依其立場，討論並歸納出至少三項論點（原因），教師可依學生程度決定是否需要記錄或寫下來。
3. 請各組交換一名組員（聆聽其他立場）。
4. 由該組其他組員向交換的組員說明其論點與立場，交換的組員將其論點與立場記錄後，回到原組別。
5. 若為多方立場，需視組別數交換組員，例如：三組則交換兩次、四組則交換三次，意即每一方立場都需記錄。
6. 交換的組員回到小組後，討論各方的立場與論點。
7. 請學生完成一篇論說文或演講稿，內容必須有自己立場的論點、不同立場的思考方向與反駁（或不同意）的原因、引述重要的資料或證明，提升論說文或演講稿的說服力。

❖ **教學示例：**

提到不同的立場時，使用一些副詞來降低你的敵意：

這樣的想法應該還不夠全面。
我覺得這個可能還有更好的作法。
他們所提出的內容似乎有一點問題。
他們好像還不知道最大的影響是什麼。

提到你不同意（或反駁）時，你可以這麼寫／說：

從長遠來看，並不是這樣。
看起來很美好，可是實際上……

總結多方立場時，除了「所以」，你還可以這麼寫／說：

因此，……

正因如此，……

有鑑於此，……（以前面提到的例子作爲借鏡）

準此而言，……

職是之故，……（因爲前面的原因，得到的結論）

❖補充詞彙：

說服	政策	優點	缺點	敘述
辯論	反駁	論點	借鏡	論說

延伸活動　Extended Activity

❖情境描述：

交換組員後，因爲立場不夠堅定而被說服，則以改變後的立場繼續完成論說文或演講稿。

❖補充詞彙：

原來	另一方面

情境活動二　Situated Activity II

談判技巧

❖情境描述：

現在你正要參與一場商務合作的談判，請你先檢視對方的「立場」，並思考對方之間的「利害考量」後，提出你的談判提案。

❖課前作業：

由教師指定或學生分爲兩組（或多組），依其專業背景設計合適的「立場」

（擬向對方談判之立場與目標）與「利害考量」（爲什麼有如此立場），準備開始合作談判。

> 談判甲方依其專業背景設計立場，談判乙方則反對其立場。例如：
> 我希望這批電腦能在 5 天後交貨。／這批電腦來不及在 5 天內交貨。
> 我們最多支付 9,000 元的安裝費用。／安裝費用是 13,000 元。
> 這棟大樓必須提早一星期完工。／這棟大樓無法提早完工。

若學生尚未進入職場，談判主題也可以設定爲學生與教師間、學生彼此之間的立場。

> 談判甲方依其身分設計立場，談判乙方則反對其立場。例如：
> 學生會的會費應該減半。／學生會的會費無法減少。

❖ 情境安排：
1. 課桌椅建議以「ㄇ」字型（或稱 U 字型）擺放，便於彼此記錄與談判。
2. 每一人均應指派任務，如：發言代表（可輪流）、提案、記錄。

❖ **進行方式：**

1. 談判兩組坐定後，可先商務寒暄，由其中一方先擔任談判甲方，提出談判立場。

2. 談判甲方說明自己的談判立場。

3. 談判乙方說明無法達成的原因。

4. 雙方對談與問答，於此過程中應釐清彼此的「利害考量」。

5. 談判乙方討論後，以不傷害利害考量為原則，提出適合提案。

6. 談判甲方確認是否不違背利害考量（雙贏）並達成目標，決議是否接受提案。若否，則提出延伸利害考量，重新設定立場與談判。

7. 談判完成後可交換進行，返回步驟 2，改由乙方提出談判立場，甲方說明無法達成的原因。

8. 無論談判成功或失敗，由教師引導談判過程中可能出現的語言問題。

❖ **教學示例：**

1. 開始說明立場前，可以先拉近距離、減少敵對關係。

   (1)「我知道我可以相信你」

   (2)「我們以前的合作經驗非常好」

   (3)「我們期待能有個雙贏的結果」……

2. 說明利害關係時，你可以這樣開始：

   (1)「讓我給你解釋一下原因」

   (2)「我們了解你們的需求，不過站在我們的立場」……

3. 希望對方縮短考慮的時間並說明重點，你可以說：

   (1)「時間拖得越久，機會就越少」

   (2)「你還有商量的餘地嗎」……

4. 要是談判過程比較激烈，想要緩和氣氛，你可以說：

   (1)「我們先各退一步吧」

   (2)「我們先冷靜一下」……

我們以前的合作經驗一向都很好,這次,我們希望採購的這批電腦能在五天內交貨(說明立場)。

謝謝你們一向支持我們,可是,這批電腦恐怕來不及在五天內交貨(說明立場)。為什麼你們突然希望在五天內交貨(釐清利害原因)?

因為這批電腦的採購預算將在五天內到期,我們必須在這五天內送出採購的發票,五天以後這筆預算就沒有辦法支用了(說明利害關係)。

我們了解預算的期程,不過站在我們的立場,趕工需要承擔風險。如果我們在五天內先提供發票,並且在原定的十天內交貨,是不是能解決問題(提出雙贏提案)?

我們需要和採購科確定一下驗收的程序,若採購科同意,我們可以接受這樣的結果,非常感謝你們的配合(接受提案)。

❖補充詞彙:

如期	竣工	策劃	預算	決算
設置	情報	規格	替代方案	效率
保證	僵局	協商		

延伸活動　Extended Activity

❖情境描述:

　　在談判過程中,雙方立場堅定無法妥協,引發違約疑慮的法律爭端。

❖補充詞彙:

條文(條款、條約)	途徑	違反	控告
事實	履約	保證	律師

生詞索引 Vocabulary Index

No.	Pinyin	Vocabulary	Lesson
22	*bàozhàng*	報帳	4
23	*běijīng kǎoyā*	北京烤鴨	9
24	*bèituǒ*	備妥	5
25	*bèizhù*	備註	7
26	*bì*	敝	11
27	*biǎnzhí*	貶值	13
28	*biǎodān*	表單	4
29	*biǎoshì*	表示	12
30	*biǎoxiàn*	表現	2
31	*bìmù*	閉幕	8
32	*bìng*	並	7
33	*bīngtáng báimù'ěr*	冰糖白木耳	9
34	*bīnzhìrúguī*	賓至如歸	4
35	*bìyè*	畢業	2
36	*bōdǎ*	撥打	3
37	*bōdòng*	波動	13
38	*bù*	部	3
39	*bùgǎndāng*	不敢當	9
40	*búguò*	不過	2
41	*bùkèqiánlái*	不克前來	3
42	*búlìn*	不吝	11
43	*bùluòkè*	部落客	10
C			
44	*cài pú dàn*	菜脯蛋	9
45	*cǎigòu*	採購	12

No.	Pinyin	Vocabulary	Lesson
46	*cáizhí*	材質	12
47	*cāngděng*	艙等	7
48	*cānkǎo*	參考	1
49	*cānyù*	參與	9
50	*cānzhǎn*	參展	8
51	*chāilǚfèi*	差旅費	6
52	*chǎngshāng*	廠商	6
53	*chǎnpǐn*	產品	2
54	*chǎnyè*	產業	8
55	*chǎo*	炒	9
56	*chāoguò*	超過	11
57	*cháshuǐjiān*	茶水間	4
58	*chéng*	成	10
59	*chéngběn*	成本	4
60	*chéngdān*	承擔	13
61	*chénggōng*	成功	2
62	*chéngxiào*	成效	10
63	*chéngxìn*	誠信	13
64	*chéngxù*	程序	3
65	*chéngzhǎng*	成長	8
66	*chéngzhì*	誠摯	11
67	*chènjī*	趁機	8
68	*chí*	持	4
69	*chíjiǔ*	持久	12
70	*chōngdiàn*	充電	12

No.	Pinyin	Vocabulary	Lesson
71	*chóngxīn*	重新	13
72	*chōuchá*	抽查	11
73	*chōujiǎng*	抽獎	8
74	*chōukòng*	抽空	4
75	*chóuzī*	籌資	6
76	*chú cǐ zhī wài*	除此之外	7
77	*chuàng*	創	13
78	*chuàngxīn*	創新	8
79	*chūchāi*	出差	1
80	*chūfā*	出發	7
81	*chūhuò*	出貨	13
82	*chūkǒu*	出口	13
83	*chǔlǐ*	處理	13
84	*chūxí*	出席	9
85	*chūzī*	出資	7
86	*cìjī*	刺激	10
87	*cǐwài*	此外	8
88	*cōng bào niúròu*	蔥爆牛肉	9
89	*cù liū yú piàn*	醋溜魚片	9
90	*cuì pí kǎoyā*	脆皮烤鴨	9
91	*cùn*	吋	3
92	*cúnzhé*	存摺	3
D			
93	*dài*	待	11
94	*dāi*	待	8

No.	Pinyin	Vocabulary	Lesson
95	*dàibiǎo*	代表	12
96	*dàilǐ*	代理	5
97	*dàilǐng*	帶領	9
98	*dàilǐquán*	代理權	10
99	*dàiyù*	待遇	1
100	*dàjià guānglín*	大駕光臨	9
101	*dān*	單	3
102	*dāngē*	耽擱	9
103	*dāngrì*	當日	3
104	*dānjià*	單價	12
105	*dānjù*	單據	6
106	*dānrèn*	擔任	2
107	*dānyī*	單一	11
108	*dàodá*	到達	7
109	*dàoqí rì*	到期日	12
110	*dǎzhé*	打折	14
111	*dàzhìshàng*	大致上	6
112	*dàzhòng*	大眾	8
113	*dàzhòng chuánbò*	大眾傳播	1
114	*dēngjīzhèng*	登機證	6
115	*diànzǐxìnxiāng*	電子信箱	3
116	*diàochá*	調查	5
117	*diàoyuè*	調閱	13
118	*dǐjià*	底價	14
119	*dìngjià*	定價	13

No.	Pinyin	Vocabulary	Lesson
120	*dìngqí*	定期	11
121	*díquè*	的確	12
122	*dòusū xuěyú*	豆酥鱈魚	9
123	*duì*	兌	13
124	*duìcè*	對策	10
E			
125	*érqiě*	而且	2
126	*éwài*	額外	11
F			
127	*fá*	罰	9
128	*fābiǎohuì*	發表會	2
129	*fāng*	方	14
130	*fángdú ruǎntǐ*	防毒軟體	10
131	*fāngmiàn*	方面	2
132	*fàngqì*	放棄	3
133	*fǎnyìng*	反映	11
134	*fāpiào*	發票	6
135	*fǎrén*	法人	6
136	*fèixīn*	費心	9
137	*fèiyòng*	費用	11
138	*fènglí*	鳳梨	9
139	*fènglí kǔguā jītāng*	鳳梨苦瓜雞湯	9
140	*fènglí xiā qiú*	鳳梨蝦球	9
141	*fēngmiàn*	封面	3
142	*fēngxiǎn*	風險	13

No.	Pinyin	Vocabulary	Lesson
143	*fēnsàn*	分散	10
144	*fēnxī*	分析	10
145	*fēnxiǎng*	分享	10
146	*fēnyè*	分頁	4
147	*fúdòng*	浮動	14
148	*fúdù*	幅度	13
149	*fúhé*	符合	1
150	*fùkuǎn*	付款	12
151	*fúlì*	福利	1
152	*fúwù*	服務	2
153	*fùzá*	複雜	14
154	*fùzé*	負責	8
155	*fúzhuāng*	服裝	2
	G		
156	*gān biān sìjìdòu*	乾煸四季豆	9
157	*gǎngōng*	趕工	13
158	*gǎnxiè yǔ*	感謝語	2
159	*gāoxīn*	高薪	4
160	*gàozhī*	告知	3
161	*gélí*	蛤蜊	9
162	*gēnghuàn*	更換	4
163	*gēnjù*	根據	5
164	*géshì*	格式	4
165	*gèwèi*	各位	5
166	*gōngbǎo jī dīng*	宮保雞丁	9

No.	Pinyin	Vocabulary	Lesson
167	*gōngbù*	公佈	8
168	*gōngchǎng*	工廠	12
169	*gōngchéng*	工程	7
170	*gōnggào*	公告	4
171	*gōngguān bù*	公關部	4
172	*gōnghuò bùjí*	供貨不及	13
173	*gōngjí*	攻擊	14
174	*gōngnéng*	功能	4
175	*gòngshì*	共識	14
176	*gōngyìng*	供應	14
177	*gòu*	購	14
178	*gōutōng*	溝通	4
179	*guàhàofèi*	掛號費	4
180	*guǎnggào*	廣告	5
181	*guāngróng*	光榮	9
182	*guānjiànzì*	關鍵字	1
183	*guàpái*	掛牌	6
184	*gǔdōng*	股東	7
185	*guì*	貴	11
186	*guīdìng*	規定	3
187	*guīhuà*	規劃	1
188	*guìtái*	櫃檯	9
189	*guīyú*	鮭魚	9
190	*guìyuán hóngzǎo tāng*	桂圓紅棗湯	9
191	*guòchéng*	過程	13

No.	Pinyin	Vocabulary	Lesson
192	*guójì zhuānyè guǎnlǐ shuòshìbān*	國際專業管理碩士班	2
193	*guòjiǎng*	過獎	4
194	*guòlái rén*	過來人	2
195	*guòmù*	過目	7
196	*guǒrán*	果然	11
197	*gùzhàng*	故障	11
	H		
198	*hǎiguān*	海關	13
199	*hángbān*	航班	7
200	*hángxià*	航廈	7
201	*hángyùn*	航運	13
202	*hédìng*	核定	3
203	*hélǐ*	合理	5
204	*héyuē*	合約	11
205	*hézuò*	合作	5
206	*hóngdòu tāngyuán*	紅豆湯圓	9
207	*hóngshāo*	紅燒	9
208	*hóngshāo míngxiā*	紅燒明蝦	9
209	*hòuxù*	後續	11
210	*huá dàn xiārén*	滑蛋蝦仁	9
211	*huàn*	換	13
212	*huánjìng*	環境	4
213	*hùdòng*	互動	10
214	*huì chā*	匯差	13

No.	Pinyin	Vocabulary	Lesson
215	*huìchǎng*	會場	8
216	*huíchéng*	回程	7
217	*huìchū*	匯出	13
218	*huíguōròu*	回鍋肉	9
219	*huíkuì*	回饋	10
220	*huìlǜ*	匯率	13
221	*huìrù*	匯入	4
222	*huǐsǔn*	毀損	13
223	*huìyì*	會議	7
224	*huǒbàn*	夥伴	14
225	*huòbì*	貨幣	13
226	*huódòng*	活動	1
227	*huòhào*	貨號	12
228	*huòkuǎn*	貨款	14
229	*huópō*	活潑	12
230	*huòyìliángduō*	獲益良多	9
231	*huòzhě*	或者	5
J			
232	*jí*	及	1
233	*jí*	即	3
234	*jì*	季	5
235	*jiā*	佳	1
236	*jiān*	煎	9
237	*jiǎnbào*	簡報	7
238	*jiǎncè*	檢測	11

No.	Pinyin	Vocabulary	Lesson
239	*jiǎnchá*	檢查	11
240	*jiānchí*	堅持	13
241	*jiāng*	將	6
242	*jiàng shāo xìngbàogū*	醬燒杏鮑菇	9
243	*Jiāng sī*	薑絲	9
244	*jiànkāng*	健康	1
245	*jiǎnmiǎn*	減免	4
246	*jiǎntǎo*	檢討	13
247	*jiànyì*	建議	2
248	*jiǎnzhí*	簡直	4
249	*jiāodài*	交代	8
250	*jiāodiǎn*	焦點	14
251	*jiāohuò*	交貨	12
252	*jiāoliú*	交流	8
253	*jiāotōng*	交通	1
254	*jiāoyán*	椒鹽	9
255	*jiàoyù xùnliàn*	教育訓練	11
256	*jiāozào*	焦躁	14
257	*jīběn*	基本	11
258	*jiè*	戒	9
259	*jiēfēng yàn*	接風宴	7
260	*jiéguǒ*	結果	2
261	*jiéhé*	結合	8
262	*jiējī*	接機	7
263	*jiěshì*	解釋	11

No.	Pinyin	Vocabulary	Lesson
264	jiěsuǒ	解鎖	10
265	jiēzhǎng	接掌	4
266	jīhuì	機會	2
267	jīliè	激烈	1
268	jǐn	謹	11
269	jìndù	進度	7
270	jìnéng	技能	1
271	jīngjì	經濟	13
272	jīngjì cāng	經濟艙	7
273	jīnglì	經歷	1
274	jīnglǐ	經理	4
275	jìngqǐzhě	敬啓者	11
276	jīngyàn	經驗	1
277	jìngzhēng	競爭	1
278	jìngzhēnglì	競爭力	13
279	jìnjiē	進階	11
280	jìnkǒu	進口	13
281	jìnkuài	盡快	13
282	jìnliàng	盡量	3
283	jìnqí	近期	11
284	jìnrù	進入	8
285	jīntiē	津貼	1
286	jìqiǎo	技巧	4
287	jìrán	既然	5
288	jírìqǐ	即日起	4

No.	Pinyin	Vocabulary	Lesson
289	*jìshī*	技師	11
290	*jìshù*	技術	11
291	*jìsuàn*	計算	5
292	*jiǔliàng*	酒量	9
293	*jiǔniàng tāngyuán*	酒釀湯圓	9
294	*jiǔyǎngdàmíng*	久仰大名	4
295	*jìyìkǎ*	記憶卡	10
296	*jìzhě huì*	記者會	8
297	*jù*	具	1
298	*juéduì*	絕對	13
299	*jūn*	均	6
300	*jǔxíng*	舉行	8
	K		
301	*kāi yǎnjiè*	開眼界	8
302	*kāifàng*	開放	8
303	*kāihù*	開戶	3
304	*kǎolǜ*	考慮	13
305	*kèfú*	克服	2
306	*kèfú bù*	客服部	4
307	*kěguān*	可觀	14
308	*kèhù*	客戶	2
309	*kējì*	科技	2
310	*kěndìng*	肯定	9
311	*kěxíngxing*	可行性	10
312	*kèyuán*	客源	10

No.	Pinyin	Vocabulary	Lesson
313	*kuàijì*	會計	6
314	*kuàijì shì*	會計室	4
315	*kuāzhāng*	誇張	2
316	*kùcún*	庫存	11
317	*kǔguā*	苦瓜	9
318	*kùnnán*	困難	2
319	*kùnrǎo*	困擾	11
L			
320	*lǎbā*	喇叭	10
321	*láidiàn*	來電	3
322	*láihán*	來函	11
323	*láizì*	來自	8
324	*láofán*	勞煩	9
325	*láogōng*	勞工	1
326	*lèi*	類	1
327	*lèisì*	類似	11
328	*lèixíng*	類型	10
329	*liánghǎo*	良好	11
330	*liàngjiě*	諒解	13
331	*liàngyǎn*	亮眼	9
332	*liánluò*	聯絡	1
333	*liántóng*	連同	6
334	*liǎojiě*	了解	2
335	*lìchǎng*	立場	14
336	*liè*	列	1

No.	Pinyin	Vocabulary	Lesson
337	*lièyìn*	列印	4
338	*lìjí*	立即	10
339	*lìlín*	蒞臨	8
340	*lǐmào*	禮貌	2
341	*língjiàn*	零件	11
342	*língshòu*	零售	14
343	*lìngwài*	另外	7
344	*lǐngyù*	領域	8
345	*líqīng*	釐清	14
346	*lìrú*	例如	11
347	*lìrùn*	利潤	14
348	*liúlì*	流利	1
349	*liúxué*	留學	2
350	*liúyì*	留意	3
351	*lìyòng*	利用	8
352	*lízhí*	離職	2
353	*lóngtóu*	龍頭	9
354	*lǔ ròu fàn*	滷肉飯	9
355	*lǚlìbiǎo*	履歷表	1
356	*lùntán*	論壇	8
357	*luóhàn zhāi*	羅漢齋	9
358	*lùqǔ*	錄取	1
359	*lùxīn*	濾芯	4
360	*lùyǐng cúnzhèng*	錄影存證	13
361	*lǚyóu*	旅遊	1

No.	Pinyin	Vocabulary	Lesson
M			
362	*mǎijiā*	買家	8
363	*mǎiqì*	買氣	10
364	*mǎizhǔ*	買主	8
365	*màoxiǎn*	冒險	10
366	*mápó dòufu*	麻婆豆腐	9
367	*máyóu*	麻油	9
368	*méigān kòu ròu*	梅干扣肉	9
369	*méitǐ*	媒體	10
370	*mén*	門	5
371	*miǎn*	免	4
372	*miàn xiàn*	麵線	9
373	*miànshì*	面試	1
374	*miànshìguān*	面試官	2
375	*miànyì*	面議	1
376	*mǐfěn*	米粉	9
377	*míngpiàn*	名片	7
378	*míngxiā*	明蝦	9
379	*mǒu*	某	2
380	*mǔgōngsī*	母公司	6
381	*mùlù*	目錄	12
382	*mùqián*	目前	2
383	*mùzī*	募資	6
N			
384	*nán zǎo hétáo gāo*	南棗核桃糕	9

No.	Pinyin	Vocabulary	Lesson
385	*nándù*	年度	7
386	*nèibù*	內部	12
387	*nèiróng*	內容	1
388	*nénglì*	能力	1
389	*niánqīng yǒuwéi*	年輕有為	9
390	*niánzhōng jiǎngjīn*	年終獎金	1
P			
391	*pài*	派	11
392	*páigǔ*	排骨	9
393	*pángxiè*	螃蟹	9
394	*péiběn*	賠本	14
395	*péicháng*	賠償	13
396	*pèihé*	配合	4
397	*pī*	批	11
398	*piàogēn*	票根	6
399	*píngbǎn diànnǎo*	平板電腦	2
400	*pǐnguǎn*	品管	13
401	*pǐnzhí*	品質	5
402	*pīpíng*	批評	11
403	*pòjú*	破局	14
Q			
404	*qiánbèi*	前輩	9
405	*qiángdiào*	強調	5
406	*qiǎngduó*	搶奪	14
407	*qiānwàn*	千萬	9

No.	Pinyin	Vocabulary	Lesson
408	qiànyì	歉意	11
409	qiánzài	潛在	8
410	qiàtán	洽談	7
411	qiàtán shēngyì	洽談生意	4
412	qícì	其次	6
413	qìhuà	企劃	1
414	qǐhuà xíngxiāo bù	企劃行銷部	4
415	qǐng duō zhǐjiào	請多指教	4
416	qīngjiāo	青椒	9
417	qǐngjiào	請教	6
418	qíngkuàng	情況	13
419	qīngzhēng	清蒸	9
420	qīnzì	親自	6
421	qítā	其他	1
422	qiū dāoyú	秋刀魚	9
423	qiúzhí	求職	1
424	quánqiú	全球	8
425	quányízhījì	權宜之計	10
426	quánzhí	全職	1
427	qùchéng	去程	7
428	quèrèn	確認	11
R			
429	ràng	讓	5
430	rècháo	熱潮	10
431	réncháo	人潮	8

No.	Pinyin	Vocabulary	Lesson
432	*Réngōng zhìhuì*	人工智慧	8
433	*réngrán*	仍然	5
434	*Rénliǎn biànshì xìtǒng*	人臉辨識系統	8
435	*rénlìzīyuán*	人力資源	3
436	*rénshìyìdòng*	人事異動	4
437	*rènwéi*	認為	2
438	*rényuán*	人員	8
439	*róngliàng*	容量	12
440	*róngxìng*	榮幸	4
441	*rúcǐ*	如此	5
442	*rùhuìfèi*	入會費	4
443	*ruò*	若	3
		S	
444	*sān bēi jī*	三杯雞	9
445	*shāchá*	沙茶	9
446	*shàncháng*	擅長	8
447	*shàngchuán*	上傳	1
448	*shǎngguāng*	賞光	9
449	*shàngrèn*	上任	9
450	*shāngwù cāng*	商務艙	7
451	*shāngwù tàofáng*	商務套房	7
452	*shāngzhǎn*	商展	8
453	*shàngzhǎng*	上漲	13
454	*shānyào lián'ǒu tāng*	山藥蓮藕湯	9
455	*shèjì*	設計	12

No.	Pinyin	Vocabulary	Lesson
456	*shēn*	深	2
457	*shēnfèn*	身分	2
458	*shēng yú piàn*	生魚片	9
459	*shēngchǎn*	生產	2
460	*shènghuì*	盛會	9
461	*shēngrèn*	勝任	2
462	*shěngshì*	省事	1
463	*shēngyì*	生意	5
464	*shěnhé*	審核	6
465	*shēnlìqíjìng*	身歷其境	10
466	*shìbiézhèng*	識別證	4
467	*shìchá*	視察	7
468	*shìchǎng diàochá*	市場調查	10
469	*shìchǎng dìngwèi*	市場定位	4
470	*shíjì*	實際	11
471	*shíjià*	時價	9
472	*shíjǐn*	什錦	9
473	*shīpéi*	失陪	4
474	*shīqù*	失去	5
475	*shíshū*	時蔬	9
476	*shīwàng*	失望	11
477	*shìyí*	事宜	7
478	*shìzhí*	市值	6
479	*shòuhòu*	售後	11
480	*shōujù*	收據	6

No.	Pinyin	Vocabulary	Lesson
481	*shōupán*	收盤	13
482	*shōuqǔ*	收取	9
483	*shǒuxiān*	首先	2
484	*shù*	恕	4
485	*shuāngyǔ*	雙語	1
486	*shuǐjīng guìhuā gāo*	水晶桂花糕	9
487	*shùliàng*	數量	12
488	*shùn dào*	順道	7
489	*shùnbiàn*	順便	8
490	*shùnlì*	順利	2
491	*shūrù*	輸入	1
492	*shūshī*	疏失	13
493	*sū zhà féicháng*	酥炸肥腸	9
494	*suāncài báiròu guō*	酸菜白肉鍋	9
495	*suāncài zhūdù tāng*	酸菜豬肚湯	9
496	*suānlà tāng*	酸辣湯	9
497	*suànní báiròu*	蒜泥白肉	9
498	*sùdù*	速度	12
499	*sǔnhuài*	損壞	11
500	*sǔnshī*	損失	13
501	*suǒsuì*	瑣碎	7
T			
502	*táibì*	臺幣	13
503	*táiduān*	臺端	3
504	*tán*	談	2

No.	Pinyin	Vocabulary	Lesson
505	*táng cù páigǔ*	糖醋排骨	9
506	*tánshēng*	彈升	13
507	*tānwèi*	攤位	8
508	*tánxìng*	彈性	1
509	*tào*	套	11
510	*tǎolùn*	討論	10
511	*tècǐ*	特此	4
512	*tèdì*	特地	11
513	*tèshūxūqiú*	特殊需求	4
514	*tèyuē*	特約	4
515	*tián*	填	4
516	*tiáojiàn*	條件	1
517	*tiáojiàng*	調降	13
518	*tiáowén*	條文	11
519	*tiǎozhàn*	挑戰	6
520	*tiāozhàn xìng*	挑戰性	2
521	*tíchū*	提出	5
522	*tígāo*	提高	5
523	*tígòng*	提供	6
524	*tǐjiǎn*	體檢	3
525	*tíshēng*	提升	10
526	*tíxǐng*	提醒	3
527	*tōng*	通	12
528	*tōnglù*	通路	5
529	*tóngrén*	同仁	5

No.	Pinyin	Vocabulary	Lesson
530	*tóngyè*	同業	8
531	*tǒngyī biānhào*	統一編號	6
532	*tōngzhī*	通知	1
533	*tuánduì*	團隊	7
534	*tuì liúxíng*	退流行	10
535	*tuǒshànyùnyòng*	妥善運用	4
536	*tuǒxié*	妥協	14
537	*tuòzhǎn*	拓展	8
	W		
538	*wā jiǎo*	挖角	4
539	*wàiqiáojūliúzhèng*	外僑居留證	3
540	*wàixíng*	外型	12
541	*wàizī*	外資	13
542	*wǎnbèi*	晚輩	9
543	*wǎnglù míngrén*	網路名人	10
544	*wǎnglùshèqún*	網路社群	1
545	*wǎngzhàn*	網站	1
546	*wánhǎo wúquē*	完好無缺	13
547	*wèicēng*	味噌	9
548	*wéihù*	維護	11
549	*wēixié*	威脅	14
550	*wěndìng*	穩定	10
551	*wènhòu yǔ*	問候語	2
552	*wǒ gānbēi, nǐ suíyì*	我乾杯，你隨意	9
553	*wú*	無	1

No.	Pinyin	Vocabulary	Lesson
554	*wùbì*	務必	3
555	*wùliánwǎng*	物聯網	8
	X		
556	*xiácī*	瑕疵	13
557	*xiàdié*	下跌	13
558	*xiàhuá*	下滑	10
559	*xiàliè*	下列	4
560	*xián dàn kǔguā*	鹹蛋苦瓜	9
561	*xiān é*	鮮蚵	9
562	*xiànchǎng*	現場	8
563	*xiándàn*	鹹蛋	9
564	*xiàng*	項	14
565	*xiāngānwéijìng*	先乾為敬	9
566	*xiāngguān*	相關	1
567	*xiàngmù*	項目	6
568	*xiǎngyǒu*	享有	4
569	*xiànzhì*	限制	6
570	*xiāofèi*	消費	4
571	*xiāoshòuliàng*	銷售量	10
572	*xiàoyì*	效益	5
573	*xiārén*	蝦仁	9
574	*xīdài*	攜帶	7
575	*xiétiáo*	協調	7
576	*xiézhù*	協助	9
577	*xīn zhuǎn zhànghù*	薪轉帳戶	4

No.	Pinyin	Vocabulary	Lesson
578	*xìngbàogū*	杏鮑菇	9
579	*xíngchéng*	行程	7
580	*xíngdòng diànyuán*	行動電源	12
581	*xìnghuì*	幸會	9
582	*xìngjiàbǐ*	性價比	14
583	*xìngrén dòufu*	杏仁豆腐	9
584	*xíngxiāo*	行銷	1
585	*xíngxiāo cèlüè*	行銷策略	4
586	*xíngxiāo tōnglù*	行銷通路	4
587	*xīnjìnyuángōng*	新進員工	3
588	*xīnshuǐ*	薪水	4
589	*xìnxīn*	信心	1
590	*xīnzēng*	新增	4
591	*xīnzhī*	新知	8
592	*Xīnzhú kēxué yuánqū*	新竹科學園區	2
593	*xīnzī*	薪資	1
594	*xīqín chǎo shuāng gū*	西芹炒雙菇	9
595	*xīshōu*	吸收	8
596	*xīyǐn*	吸引	8
597	*xīzhuāng*	西裝	2
598	*xuānchuán*	宣傳	1
599	*xuǎnzé*	選擇	1
600	*xúnhuí fúwù*	巡迴服務	11
601	*xúnwèn*	詢問	12
602	*xūqiú*	需求	1

No.	Pinyin	Vocabulary	Lesson
603	*xūyào*	需要	3
		Y	
604	*yán jú xiā*	鹽焗蝦	9
605	*yáng xiǎo pái*	羊小排	9
606	*yángé*	嚴格	3
607	*yàngpǐn*	樣品	5
608	*yàngshì*	樣式	12
609	*yànqǐng*	宴請	7
610	*yànshōu*	驗收	13
611	*yántǎo huì*	研討會	8
612	*yàoshàn*	藥膳	9
613	*yé nǎi xī mǐ lù*	椰奶西米露	9
614	*yèjī*	業績	10
615	*yèjiè*	業界	4
616	*yèwù*	業務	12
617	*yèwù zhùlǐ*	業務助理	2
618	*yèwù bù*	業務部	4
619	*yì*	亦	11
620	*yī*	依	3
621	*yìchéng*	議程	5
622	*yǐjí*	以及	7
623	*yǐncáng*	隱藏	14
624	*yīncǐ*	因此	4
625	*yín'ěr liánzǐ tāng*	銀耳蓮子湯	9
626	*yǐngběn*	影本	3

No.	Pinyin	Vocabulary	Lesson
627	*yíngmù*	螢幕	10
628	*yìngpìn*	應聘	3
629	*yíngshōu bàobiǎo*	營收報表	10
630	*yǐngxiǎng*	影響	13
631	*yǐngyìn*	影印	4
632	*yíngyùn*	營運	7
633	*yìngzhēng*	應徵	1
634	*yǐnshuǐjī*	飲水機	4
635	*yǐnsī*	隱私	10
636	*yīnsù*	因素	14
637	*yìnxiàng shēnkè*	印象深刻	2
638	*yǐnyòng*	飲用	4
639	*yīxù*	依序	8
640	*yōngjīn*	佣金	14
641	*yòu jīng yòu xǐ*	又驚又喜	2
642	*yǒulì*	有利	13
643	*yōuxiān*	優先	1
644	*yǒuxiào*	有效	5
645	*yú*	於	4
646	*yuánchǎng*	原廠	11
647	*yuángōng*	員工	2
648	*yuánmǎn*	圓滿	13
649	*yùdìng*	預定	7
650	*yuē*	約	13
651	*yùfù*	預付	14

No.	Pinyin	Vocabulary	Lesson
652	*yùjì*	預計	6
653	*yùmǐ tāng*	玉米湯	9
654	*yúnduān*	雲端	4
655	*yùnhuò*	運貨	12
656	*yùnsòng*	運送	13
657	*yùnzuò*	運作	11
658	*yúxiāng qiézi*	魚香茄子	9
Z			
659	*zàochéngbúbiàn, jìngqǐngjiànliàng*	造成不便，敬請見諒	4
660	*zēngjiā*	增加	8
661	*zhànghào*	帳號	3
662	*zhǎnlǎn*	展覽	8
663	*zhǎnqū*	展區	8
664	*zhǎnshì*	展示	8
665	*zhàntíng*	暫停	4
666	*zhàokāi*	召開	5
667	*zhě*	者	3
668	*zhékòu*	折扣	4
669	*zhènghǎo*	正好	8
670	*zhěnghé*	整合	4
671	*zhěnglǐ*	整理	12
672	*zhèngmíng*	證明	13
673	*zhěngqí*	整齊	2
674	*zhēngqǔ*	爭取	14

No.	Pinyin	Vocabulary	Lesson
675	*zhèngshì*	正式	2
676	*zhěngxiū*	整修	4
677	*zhěnsuǒ*	診所	4
678	*zhíbò*	直播	10
679	*zhīchí*	支持	9
680	*zhìdìng*	制定	4
681	*zhìdù*	制度	1
682	*zhǐjiào*	指教	9
683	*zhíjiē*	直接	1
684	*zhíqiánxùnliàn*	職前訓練	3
685	*zhíquē*	職缺	1
686	*zhíwèi*	職位	3
687	*zhǐwén biànshì*	指紋辨識	10
688	*zhīxīn*	支薪	3
689	*zhíxíng*	執行	1
690	*zhòng*	重	13
691	*zhòngliàng*	重量	7
692	*zhòngshì*	重視	2
693	*zhōngshí*	忠實	5
694	*zhōudào*	周到	11
695	*zhuān cái*	專才	4
696	*zhuāngdìng*	裝訂	4
697	*zhuàngkuàng*	狀況	7
698	*zhuānrén*	專人	11
699	*zhuānxiàn*	專線	11

No.	Pinyin	Vocabulary	Lesson
700	*zhuānyè*	專業	1
701	*zhuānyè rénshì*	專業人士	8
702	*zhuānyuán*	專員	2
703	*zhuǎnzhī*	轉知	11
704	*zhǔdòng*	主動	1
705	*zhuóshōu*	酌收	9
706	*zhǔrèn*	主任	7
707	*zhùsù*	住宿	7
708	*zhǔtí*	主題	8
709	*zhǔyào*	主要	5
710	*zhùyì*	注意	2
711	*zǐ shǔ shānyào gāo*	紫薯山藥糕	9
712	*zǐgōngsī*	子公司	6
713	*zìxíng*	自行	3
714	*zīxùn*	資訊	1
715	*zìzūnxīn*	自尊心	14
716	*zònghé*	綜合	9
717	*zǒngjīnglǐ*	總經理	4
718	*zuìgāoxuélì*	最高學歷	3
719	*zuò dōng*	作東	7
720	*zuòshōu*	作收	13
721	*zuòyè*	作業	4
722	*zúqún*	族群	10

國家圖書館出版品預行編目資料

商用華語：一本設身處地式的商務華語教材
Situated-based Business Chinese／信世
昌主編.－－初版.－－臺北市：五南圖書出
版股份有限公司，2020.06
面；　公分
ISBN 978-957-763-100-8（平裝）

1.漢語　2.讀本

802.86　　　　　　　　　107017565

1XFR

商用華語
一本設身處地式的商務華語教材
Situated-based Business Chinese

編輯機構 ― 國立清華大學華語中心

主　　編 ― 信世昌

副 主 編 ― 陳淑芬、吳貞慧

編 寫 者 ― 吳佳育、吳昱錡、李芳蓓、林宛蓉、徐微喬
　　　　　　彭馨慧、歐喜強（以姓名筆畫為序）

編輯顧問 ― 寇惠風、謝文彬

語法彙整 ― 李明懿

錄　　音 ― 林宛蓉、歐喜強

審　　查 ― 五南華語教學學術委員會

企劃主編 ― 黃惠娟

責任編輯 ― 魯曉玟

封面設計 ― 姚孝慈

出 版 者 ― 五南圖書出版股份有限公司

發 行 人 ― 楊榮川

總 經 理 ― 楊士清

總 編 輯 ― 楊秀麗

地　　址 : 106臺北市大安區和平東路二段339號4樓

電　　話 : (02)2705-5066　　傳　　真 : (02)2706-6100

網　　址 : https://www.wunan.com.tw

電子郵件 : wunan@wunan.com.tw

劃撥帳號 : 01068953

戶　　名 : 五南圖書出版股份有限公司

法律顧問　林勝安律師

出版日期　2020年6月初版一刷
　　　　　2024年9月初版四刷

定　　價　新臺幣380元

經典永恆・名著常在

五十週年的獻禮——經典名著文庫

五南，五十年了，半個世紀，人生旅程的一大半，走過來了。
思索著，邁向百年的未來歷程，能為知識界、文化學術界作些什麼？
在速食文化的生態下，有什麼值得讓人雋永品味的？

歷代經典・當今名著，經過時間的洗禮，千錘百鍊，流傳至今，光芒耀人；
不僅使我們能領悟前人的智慧，同時也增深加廣我們思考的深度與視野。
我們決心投入巨資，有計畫的系統梳選，成立「經典名著文庫」，
希望收入古今中外思想性的、充滿睿智與獨見的經典、名著。
這是一項理想性的、永續性的巨大出版工程。
不在意讀者的眾寡，只考慮它的學術價值，力求完整展現先哲思想的軌跡；
為知識界開啟一片智慧之窗，營造一座百花綻放的世界文明公園，
任君遨遊、取菁吸蜜、嘉惠學子！